哀愁のプロヴァンス

アン・メイザー

相磯佳正 訳

ハーレクイン

SP文庫

THE NIGHT OF THE BULLS

by Anne Mather

Published by Harlequin Japan,
a Division of K.K. HarperCollins Japan, 2024

アン・メイザー

イングランド北部の町に生まれ、現在は息子と娘、2人のかわいい孫がいる。自分が読みたいと思うような物語を書く、というのが彼女の信念。ハーレクイン・ロマンスに登場する前から作家として活躍していたが、このシリーズによって、一躍国際的な名声を得た。他のベストセラー作家から「彼女に憧れて作家になった」と言われるほどの伝説的な存在。

◆主要登場人物

ダイアン・キング……………………シングルマザー。元教師。
ジョナサン……………………………ダイアンの息子。
クレリー………………………………ダイアンの伯母。
マノエル・サン・サルヴァドール……農園主。
ジェンマ………………………………マノエルの祖母。
イヴォンヌ……………………………マノエルの隣家の娘。

1

四月に入ると、ミストラルがオート・プロヴァンス一帯の氷の斜面から凍えた空気をひろいあつめてローヌの谷を吹きくだり、激しく唸りをあげて嵐のようにカマルグ地方を駆け抜けていく。そうなるとひとも獣もただ縮こまって風のやむのを待つばかりだが、葦のあいだに芽ばえたあやめやらっぱずいせんは勇敢に頭をもたげ、河口の春の訪れを告げてくれるのだ。

やがてその意地悪い季節風も、まるで力を使い果たしたかのようにぱったりやむ。と、それまでは氷を踏み割って疾走する野生の白馬のひづめのあとを追い、海鳥たちがむなしく餌をあさっていた氷原を、陽光が魔法のように溶かしてしまう。真夏には灼熱のためにひび割れた泥田と化す三角州地帯も、そのときは色鮮やかによみがえって、生命と活気に満ちあふれる。静かな潟沼とあおあおとした草地には野生の生命がみなぎる。生意気なよしきりは丈高い草にまとわりつき、はちくいは鮮やかに羽根をきらめかせて水面に浮かぶ虫めがけて急降下をくりかえす。そして女王のように優雅なフラミンゴが潟を散歩するエキゾチックな光景も見られるのである。

ダイアンはこの季節をよく知っていた。彼女の青春に深い意味をもつことになったフランスのこの地方、プロヴァンスにやってきたのはちょうどこの季節だったのだから。そしていま、三年前あわただしくここを立ち去ったときと同じ激情にとらえられながらふたたび戻ってこようとしていた。

マルセイユ・マリニャーヌ空港に着陸態勢に入ったカラヴェルは急に機首を下げた。座席に身を沈め肱掛けを握りしめながら、彼女は軽い吐き気とともにまだ機上にいることを思い出した。カマルグの情景は鮮やかに脳裏によみがえってはきたが、いま彼女を迎えてくれるものはいないのだ。

通路をへだてて座った青年が心配そうに彼女のほうを見ていた。飛行中もときどきその青年のもの言いたげな視線を感じてはいたが、無視してきた。だれとも掛かり合いになりたくなかったのだ。

しかし、青年は、先のことを深刻に思い悩んでいる彼女の姿にヒステリーに近いおびえを感じとっていた。

そっと彼女の腕に触れながら、青年は言った。

「失礼《パルドン》、お嬢さん《マドモワゼル》、大丈夫ですか?」

そのアクセントから間違いなくフランス人だとわかったが、どうしてわたしがイギリス人だとわかったのだろうと彼女は思った。おそらく、スチュワーデスとの会話を聞いていたのだろう。

安全ベルトを締めたままやっと座りなおした彼女は、かすかに笑みを浮かべて言った。

「ありがとう、ムッシュー、大丈夫ですわ。着陸のときはいつもいやな気になるんです」

「そうですか！」とうなずいた青年の横顔の彫りの深さに彼女は目を奪われた。ほんとに魅力的なひとだわ、クレリーだったら、自分に興味を示しているひとにすげなくするなんてばかだって言うでしょうね。でも、クレリーはここにいない。わたし、ひとりぼっちなんだわ。それにおしゃべりしすぎたみたい。これ以上話を交わしたくないので、彼女は視線を窓に向けた。

滑走路がみるみるせまってくる。彼女は目を閉じた。かすかな振動がして着陸装置に重みがかかったかと思うと、もう着陸していた。

ダイアンはベルトを外し、髪に手をあてて整えると立ち上がり、持物をまとめた。滑走路にあたる陽の輝きからみてコートは要らないと思ったので、腕にかけ、航空バッグの肩ひもをつかんだ。

「お手を貸しましょうか、マドモワゼル」

またあの青年だった。大部分の乗客はスチュワーデスに別れを告げて、タラップを降り、決められたとおり空港ビルに向かっていたが、その青年は明らかに彼女を待っていたのだ。

ダイアンはほほえんで首を振り、それから、まっすぐに前を向いたまま、急ぎ足で出口へ向かった。外の空気は思いもかけぬほど暖かく、よい香りがしていた。頭上から響いてくるジェットの轟音も、ふいに胸にこみ上げてきた悲しみを消し去ってはくれなかった。それから、その感傷を振り払うように、彼女はタラップを駆けおりて、税関へ歩いていった。

すぐに終わった。係官たちは魅力的な女性を前にしたフランス男特有のなれなれしさでほほえみかけてきたのだった。

外に出た彼女は頬の赤らむのと同時に、前途に待ちうけるものに直面する自信めいたものも感じていた。わくわくするような気持を抑えられずに彼女は周囲を見まわした。潮の香の混じった花の匂いが漂って、背に照りつける陽光は暖かだった。空港に止めておくように予約したレンタカーはどこにあるのだろう。マルセイユに客を運ぶバスや車がおびただしく並んでいた。

例の青年が姿を見せ、意味ありげに彼女に近づいてくる。ダイアンは少しいらいらして唇を噛んだ。執念深く話しかけたりしないでほしかった。彼が口を開こうとしたとき、ダイアンは深い海のような緑の目と眉のあたりに怒りの表情を浮かべて振り返った。

「なんでしょう、ムッシュー?」

「お迎えがおありですか、マドモワゼル?」

ダイアンは一瞬ためらってからうなずいた。「ではお手伝いすることはありませんね、マドモワゼル？」

「ありがとう、結構ですわ」数歩歩いてから、ダイアンはインターナショナル・フランス・トラヴェル社の車を見つけようと、縁石にそってずらりと並んだ車に目を走らせた。一筋の流れのようにつぎつぎに車が近づき去っていく。そのボディやバンパーがまぶしく陽光を反射した。

バッグを探って、ダイアンはサングラスをとり出して掛けた。大きな角型のポラロイドで、顔の表情もうまく隠してくれた。気をきかして男が立ち去ってくれたらと思ったが、彼はふたたびそばに来て、言った。「これを落とされましたよ、マドモワゼル」

ダイアンは見えすいた決まり文句を冷たくはねつけてやろうと振り向いたが、男の手にホテルの予約カードがあるのを見てびっくりした。

「まあ、ありがとう。きっとサングラスを出したときに落としたんですわ、ありがとう」

青年は笑みを浮かべ、いんぎんに答えた。「どういたしまして。でも、おかげであなたがアルルに滞在されるおつもりだとわかりましたよ。美しい町です。ぼくもあそこのすぐ近くに住んでいるんです」

ダイアンははっとした。「ほんとうですわね」彼女はすばやくあたりを見まわした。「おっしゃるとおり、美しい町ですわ」

男は顔をしかめた。「ほんとにお手伝いすることはありませんか、マドモワゼル?」

「ええ、車を借りてあるんです。どこかそこらにあるはずですわ」

一語一語確かめるように聞いていた青年は、慣れた様子で、停車している車の群れに目を走らせた。

「いらっしゃい、あなたの車を見つけられると思いますよ」

ダイアンは、自信ありげにスーツケースを抱えて歩く彼の後に従った。実際、すぐに彼は小型のシトロエンを見つけて、配車係に紹介してくれた。うまくわたしの名前を聞き出したわね、とひそかに思いながら、彼女はスーツケースをトランクに入れた。

「おそらくまたお会いするでしょう、マドモワゼル」と、礼を言い別れを告げるダイアンに男はさりげなく言った。「アルルへはよく行くんです。夕食をご一緒させていただければしあわせです」

ダイアンはあいまいにほほえんで、何も言わずに男の誘いを聞き流した。やはりただの観光客と思われていたのだ。この旅行のほんとうの理由がわかるわけはない。彼女自身ですらほとんど納得しがたい理由なのだから。

手を振る青年の姿をバックミラーで見ながら、ダイアンは車をスタートさせた。ただの観光旅行だったらよかったのにと思うとやりきれなかった。

マルセイユからしばらく西へ行き、それから北へ曲がるとアルル街道にのり、クロー大平原を横切っていった。そこはほとんど人跡まれな荒れ地で、ところどころに開拓のあとが見られるだけだ。ダイアンはかつてマノエルが話してくれた伝説を思い出していた。それによると、ヘラクレスがこの平原で巨人族と一戦を交えることになったそうだ。助けを求められたゼウスは岩石を雨あられと降らせ、ヘラクレスの命を救ったが、以後その戦闘のおかげで、ここら一帯は石ころだらけの荒れ地となってしまったというのだ。

マノエル！

震えが身体を走りぬけた。ロンドンを離れてはじめてマノエルのことが頭に浮かんだ。それだけで苦痛がこみ上げてくる。手を伸ばしてハンドバッグを引き寄せると煙草をとり出し、震える手で火をつけた。疲れたとき以外あまり煙草を吸わないダイアンだったが、いまは何かが必要だった。

アルルに着いたのは六時すぎで、旅の汚れがしみつき、疲れきっていた。まっすぐにホテルに車を乗りつけてチェックインをすませた。サンドイッチを部屋まで運んでくれるよう頼んでから、すぐに部屋に上がってシャワーを浴びた。それからシルクの部屋着を着て、小さな広場を見おろす窓辺に座り、サンドイッチを食べ、宿のマダムが気をきかせて運んでくれたおいしいコーヒーを飲んだ。プラタナスの枝が風にそよぎ、三、四人の若者が窓の下を自転車で走りまわっていた。静かで安らぎの感じられる光景だった。

ダイアンは張りつめた緊張がゆるんでいくのを覚えた。そんなふうにかたくなに自制していても何の意味もない。偶然にマノエルに出会うチャンスはほとんどないといってよいし、よしんば会うにしても、彼が会うことを承諾しての話だが……。

やっと見つけた安らかな気持を、にがい思いに乱されて、彼女はサンドイッチの皿を押しやった。もし彼が会うのを拒んだらどうしよう。それは大いにありうることだ。いずれにしても、真相を、彼女の決心のほんとうの理由を彼に知らせてはならない。

もう一杯コーヒーをつぐと、カップを両手でかかえ、そのぬくもりを楽しむように揺すりながら、どう話すべきかくりかえし考えた。どんなことをきかれてもまごついてはならない。しっかりと話を心に刻みつけて言い間違えてはならない。

空になったコーヒーカップを受皿に戻し、椅子に身を沈め、ハンドバッグに手を伸ばして、革の札入れを抜き出して開いた。中から数葉の写真をとり出すと、ダイアンはしみじみとそれにながめ入った。

人を疑うことを知らぬあどけない表情の小さな男の子が彼女のほうをながめている。不意に胸がつまり、涙がこぼれそうになった。声を出して泣くなんてぜいたくができなくなってからずいぶんになる。いまあの子は何をしているのかしら。クレリーを困らせてはいないでしょうね。

衝動的に彼女は写真の唇に自分の唇を押しつけた。「おやすみ、ジョナサン」とかすれ声でつぶやくと、写真を札入れに戻し、それをスーツケースのひとつにしまいこんだ。万一ってことがあるから、と彼女は名残りおしげに思った。

翌朝、窓のカーテンを透かして差しこむ光に目が覚めた。一瞬、どこにいるのか思い出せず、ただジョナサンのベッドがなぜいつものように脇にないのかしらと思った。が、やがて頭がはっきりしてくるにつれて、現実に包みこまれていった。

ほとんどいつもつきまとっている暗い気持を押しやるように、彼女はベッドをすべりおりると窓のところへ行き、カーテンを開いて広場を見おろした。広場の中央にある小公園では、数人の子供たちが歓声を上げながらボールを追いかけて遊んでいた。それを見るとまた激しく胸がうずいたので、窓を離れてバスルームに入っていった。

しばらくして、ぴっちりしたパンタロンと白いシャツカラーのブラウスを着て、ドレッシングテーブルの鏡の前に立った。鏡に映った彼女のすらりとした姿は落ち着いてビジネスライクに見えた。シニヨンにまとめた黒い髪が成熟した女の雰囲気を強調していた。彼女はそう見えるように努めているのだが、いくら努力しても、可愛らしい目のあたりやどこかセクシーな唇のふくらみが若さと弱さをあらわにしてしまっていた。しかたないわと思いながら彼女は食堂へおりていった。

朝食後、彼女はアルルの中心街へ車を走らせた。広くはないが商店街なので、その朝は活気に満ちていた。屋台に並べられたおいしそうな海産物に食欲をそそられたが、商人たちの呼びこみには乗らなかった。その代わり、シトロエンを駐車すると、ぶらぶらウインドーショッピングをして、昼食までの時間をつぶした。

おそらく昼食に帰っているだろうマノエルに話ができるかもしれないと期待して、彼女はサン＝サルヴァドール農園に昼ごろ電話しようと心に決めていた。マノエルの母親と話したくはなかったし、父親とも同様だった。これは自分とマノエルだけのあいだのことなのだ。

クレリーに宛てて、無事到着したことを知らせる葉書を投函してから、昼が近づくにつれて、だんだん落ち着かなくなっていくのがわかった。こんどのことであまり興奮してはだめだ。とにかくマノエルに会うまでに気を静めなくては。あのひとにくだらない女だと思われてはいけないのだ。

彼女は自分がここに来たことをマノエルがどう考えるかもう推測しまいとした。おそらくイヴォンヌと結婚しているだろうし、そうだったら彼の立場もあろう。会うのを拒むかもしれない。イヴォンヌが気にするとしたら、きっとそうするだろう。いずれにせよ、三年前の二人の関係を頼りにどうして彼からお金を借りようとなど思ったのだろう。そんな義務があるとはあのひとは決して考えないだろうに。

正午を過ぎるとすぐ、彼女はホテルに戻り、気の進まぬままに玄関のホールに入っていった。そこに公衆電話のボックスがあるのに気づいていたので、意を決して歩みよった。勇気がなえぬうちに電話したかったのだ。

番号はメモしてあったが、それを見るまでもなくすぐに思い出せたので、震える手で受話器をとり上げ、交換手に告げた。相手のベルが鳴るのが聞こえてくると、掌がじっとり汗ばんで、額には汗のつぶが浮かんできた。

間もなく受話器が上げられ、女の声が答えた。

「はい《ウィ》、サン＝サルヴァドール農園です。どなたですか《キ・エ・ス》？」

ダイアンはすぐに声がでなかったが、やっとのことで言った。

「マダム・サン＝サルヴァドール？」

「ノン、ジャンヌです。マダム・サン＝サルヴァドールをお呼びしますか？」

「ノン、ノン！」とダイアンはせきこむように言った。「ム、ムッシュー・サン＝サルヴァドール、ムッシュー・マノエル・サン＝サルヴァドールはご在宅ですか？」

ジャンヌは一瞬ためらってから答えた。「ノン、マドモワゼル。アヴィニョンに行ってらっしゃいます」

ダイアンはがっかりした。マノエルはアヴィニョンにいるんですって！　いつからかしら？　彼女はすばやく考えた。ジャンヌ――年老いた家政婦だとわかっていた――にたずねることもできるが、答えてもらえるかどうか疑わしい。その口調にもためらいが感じとれたし、ムッシュー・マノエルと話したがっているのがだれか知ろうとしている。ダイアンは胸をどきどきさせながら「メルシィ」と言って、狼狽のあまり身体が震えるのを覚えながら電話を切った。

電話ボックスから出てくると、ホールにホテルの支配人が立っていた。支配人は、彼女の頬の蒼さと異様な目の輝きに気づき、心配そうにたずねた。

「どうかしましたか、マドモワゼル?」

ダイアンはさりげなく冷静をよそおうと首を振りながら、すばやく答えた。「いえ、なんでもありません。すばらしいお天気ですわね」

「はい、すばらしい天気です」とうなずく支配人をあとに、彼女は逃げるように階段を駆けあがり、部屋に戻った。

昼食のために、クレリーがつくってくれた鮮やかなレモン色のコットンのシフト・ドレスに着替え、髪に櫛をかけてから、シニヨンに結いなおし、薄いオリーブ色のまぶたにアイシャドーを塗り、唇には無色のラスターをつけたが心は宙に飛び、こうした一連の動作を機械のように片付けていった。いまのところ、電話をかけることしか考えていなかった。もう一度電話して、またマノエルがいなかったら、家族のものは彼女の意図にいぶかしさを覚えるだろう。そんな危険は冒してはならない。だといって、どうやって彼に連絡をとったらいいのか。ひょっとして会えるかもしれないが、アヴィニョンまで車を走らせることなどとてもできなかった。

　空腹感はあったが、さして食欲もわかぬまま彼女は食堂へおりていった。

　魚のスープはおいしかったが、ほとんど手をつけず、あとのものもみな断って、食後の新鮮なフルーツだけ食べた。コーヒーはすばらしかった。頭も身体もさわやかにしてくれるほどきついコーヒーをすすっているうちに、ふと野生の馬の群れ《マナード》を見にいこうという気になった。

　食堂を出て、フロントの前を通ってホテルの広い入口のところまで来ると、いまは日陰になっている広場のほうをながめた。ホテルの客は少なかった。アルルの観光シーズンにはまだ早かった。観光客がやってくるのは五月と六月で、そのころにはいろいろなフェスティヴァルがはじまるし、自分たちの祭礼にジプシーたちも集まってくる……。

　ダイアンは不意に胸が高鳴るのを覚えた。塩気の多いパンや陶器の壺からつがれる赤いワインの味がよみがえってきて、思わず唇に指をあてた。興奮した騒めきや音楽が聞こえ、何百年も前から行われてきた儀式に参加しているのだというぞくぞくするような気持がよみがえってくる……。

　手を握りしめて彼女はホテルの中に戻った。思い出にふけっていてもしかたがない。それがどれほど醜く、いやなことであってもやりとげねばならない。ジョナサンのためなんですもの。

午後ずっとホテルで過ごしたので、支配人は驚いていた。支配人の目には明らかに観光客と映っていた彼女が観光名所を訪れようともしないのが不思議だったのだ。何度か支配人はラウンジにいる彼女をのぞきにきていた。ダイアンは気づいていたが、支配人をまごつかせないようにわざと知らぬふりをしていた。

夕方近く、広場に落ちる影が長くなったころ、彼女はラウンジを出て、ふたたび電話ボックスに向かった。かすかに膝頭が震えて、歩きにくかったが、やっとボックスにたどりつき、受話器をとった。

こんども女の声が答えたので、ダイアンはがっかりしたが、ジャンヌではなかった。少女の声で、ダイアンにはかすかに聞きおぼえがあった。マノエルには妹がいたわ、そうだ、ルイーズだわ。

英語のアクセントに気づかれねばよいがと願いながら彼女は言った。

「エクスキュゼ・モア、ムッシュー・マノエル・サン＝サルヴァドールとお話したいのですが」

「マノエル？」少女はびっくりしたようだった。「どなたですか《キエス》」

ダイアンはためらった。もし名乗ったら、もっとも避けたいと思っている状況に陥ってしまう。

「ムッシュー・サン＝サルヴァドールの友人です」

少女は驚いたように声を上げた。「でもイギリスのかたでしょう」

ダイアンは唇を噛んだ。そんなに発音は悪くないつもりだったが、何年かフランス語を使っていなかった。どう答えよう？　否定すれば嘘をついていると思うだろうし、肯定すれば立場はさらに悪くなる。

「べつに大した用ではないんです《ス・ネ・パ・ザンポルタン》」と答えて、自分の臆病をさげすみながら受話器を置いた。

ボックスを出て、階段を昇り、部屋に戻ると、ドレッシングテーブルの鏡に顔を映してみた。曇った緑色の目には不安が宿っていた。これからどうしたらいいだろうと思った。夕食のために着替えをしていると、ドアをノックする音が聞こえ、「マドモワゼル、マドモワゼル！」という女の声がした。

ダイアンはガウンをまといながら部屋を横切り、ドアを開けた。メイドだった。

「あなたにお電話です、マドモワゼル」とメイドはほほえみを浮かべて言った。「申しわけありませんが下でおとりになってください。ホールです」

ダイアンはドアのノブを握りしめ、おずおずとたずねた。「ほんとにわたしにかかってるんですか？」

「間違いありません、マドモワゼル、男のかたです」

「男ですって！」ダイアンはあわてて首を振った。「ああ、わかりました。すぐに、着替えたらすぐに出ます」

すらりとした肢体をきわ立たせるぴったりとしたクリーム色のスラックスにひすい色の厚手のセーターを身につけながら、だれが電話してきたのか考えつづけた。さっき電話に出たのがルイーズだったとしても、こんなにすぐにわたしだと思いつくはずはないし、よしんばわかったところで、ここにわたしがいるってどうして知ったのかしら？

震える足で階段を下り、電話のほうへ走っていった。受話器をとり上げると「キングさん？」という声が聞こえてきた。マノエルではなかった。それはずっと軽やかで若々しい、なによりも彼女の心を悩ませぬ声であった。

「どなた、どなたですか」

「アンリ・マルタンですよ、マドモワゼル、飛行機の中でお会いした」

ダイアンはボックスの壁にもたれかかった。「ああ、マルタンさん」とかすれた声で言った。「お名前を存じませんでしたわ」

「ええ、でも、幸いあなたのお名前はわかったんです。ホテルにいらっしゃったんでしょう？　そこはお気に入りましたか？」

ダイアンはため息をついた。「ええ、いいところですわ」と気落ちしながら答えた。「でもなぜお電話くださったの？」

相手は面食らったようだった。「電話したわけですって？　マドモワゼル、もちろん、あなたを今晩夕食にお誘いしようと思ったからですよ」

「ごめんなさい、行かれませんわ」と、ダイアンは身を起こして言った。

「なぜ、どうしてだめなんです?」

ダイアンはほっそりした肩をすくめた。「わたし、疲れてるんです。とても、お食事する気分になりませんの」

「そいつはがっかりだなあ」と彼は思わず声を上げた。「でも、何か食べなくちゃいけませんよ」

「ごめんなさい」と、ダイアンは唇を噛んだ。

「それじゃ、明日はどうです?」

「明日はどうするかわからないんです」少なくともそれはほんとうだった。

「こいつはまいったな、じゃ、お昼ならいいでしょう?」

「いつかね」とダイアンはきっぱり言って、受話器を置いた。

ボックスを出てゆっくり階段を上って部屋に帰ったダイアンは、そのままベッドに倒れ伏した。悲しみがわき上がってきた。孤独感にとらえられて、クレリーとジョナサンが自分を頼りにイギリスで待っていることがわかっていても、みじめな気持は晴れなかった。

とても食堂で皿にむかう気にはなれないと思い、ハンドバッグを手にすると、階下に降りて広場のほうへ出ていった。暗い街路灯がまるい光の輪を描いていた。とても暖かで、とけるようなやわらかい宵闇が彼女の疲れた心と頭をいやしてくれた。明日は明日だわ！　ローヌ河べりの小さなビストロで一杯のコーヒーとパンを味わってから、ダイアンは闘牛場のほうへ歩いていった。

何度かマノエルに連れられて闘牛場へ行き、吐き気のするような恐ろしい光景を見たことがあった。カマルグの雄牛は闘牛士の好敵手たるにふさわしく、灼熱の午後の陽光のなかで、血で血を洗う残酷な光景をくりひろげた。ダイアンは思わず目をそむけてしまうのだが、無頓着に死を賭して闘う男たちには魅了されたものだった。

アルルの闘牛場にはスペインからも国境を越えて有名な闘牛士たちがやってきて、コリーダに出場し、鋭い角の一突きで致命傷を与えることもある屈強な黒い雄牛と秘術をつくして闘ったし、いたるところからやってきたアマチュア連が、こうしたプロの闘牛士に挑んでつぎからつぎへ登場し、お互いに前に出たものに負けまいと、とことん闘い抜くのであった。

ダイアンは農園の牧場でマノエルが雄牛に立ち向かい闘牛場でだったら興奮した「オーレ！」という喚声がわき上がるような技を仕掛けるのを見て、全身の血が凍りつく思いで立ちすくんだことが何度かあった。そんなときは、胸が痛くなるほど心配させるマノエルが憎らしく、怒りにかられて逃げ出したものだったが、すぐにマノエルが追いかけてきて、彼女を地面に押し倒して、なにもかも忘れさせるほど激しい口づけで怒りを鎮めてくれたものだった……。

身をえぐるような悲しみがこみ上げてきた。あの幸せな数カ月はなんと早く過ぎ去ってしまったのだろう。荒々しい夢の頂点であった日々はなんと甘美だったことか、そして、避けられぬ別れのなんと苦しかったことか。

九時ごろ、彼女は散歩から戻ってきた。ひとり静かに歩いたことで、神経のいら立ちもおさまって快く疲労感が身をひたしていた。明日何が起こるか何ができるかなどもう考えまいと思った。雲をつかむような明日を思いわずらってもしようがないではないか。

気楽にバッグを肩にかけて、彼女はゆっくりとホテルのホールに入り、耳の後ろにかかる黒い絹糸のようなほつれ毛をかき上げた。

はじめホールにはだれもいないと思っていたが、広々と敷きつめられたグリーンのカーペットを横切っていくと、階段の下におかれた椅子からひとりの男が立ち上がり、行く手に立ちふさがった。

ダイアンははっとして足を止めた。膝まである泥まみれのブーツとグレーのスエードのズボンがまず目にとまった。それから目を上げるにつれて、ひきしまった長身と影のなかでもはっきりわかるほど日焼けした顔をみとめた。男は一瞬動かずにいた。もしやと思う気持がうずくように背筋に沿って広がっていた。そのとき、男が光のなかに一歩踏み出し、彼女は片手で口を押さえて、後ずさりした。

「やあ、ダイアン」忘れようとしても忘れられないその声には、彼女の心をえぐるような冷ややかな厳しさがこめられていた。「どうしてここへ来たんだ。ぼくと話したいというのはなぜなんだ」

2

　ダイアンは信じられないといった面もちで彼を見つめていた。それまでは心の奥に潜んでいた、マノエル・サン＝サルヴァドールに再会したいという気持がつのったあまり描きだした、ばかげた幻想ではないかと一瞬思ったぐらいだ。

　それに、そこにいるのは彼女の記憶にのこっているマノエルではなかった。マノエルの面影は鮮やかに彼女の心に焼きついていた。いま、彼女の前にいる冷ややかな目をした見知らぬ男は、彼女がかつて愛した熱い血の通ったひとにほとんど似てはいなかった。顔かたちは同じだったが、同じひとではない。たしかに、濃い眉の下の灰色の瞳、誇り高く張った頬骨、肉感的な厚い唇、ひきしまった顎のあたりまでのびた濃いもみあげに変わりはなかった。ただ、以前よりやせて、目はくぼみ悲しみの色を帯びていた。そして深いしわの刻まれた顔にはけだるい憂鬱が漂っていた。身体も細くなっていたが、胸の筋肉はやわらかいスエードの上着を押し上げるように盛り上がり、強じんな太腿はぴったりしたズボンの中ではち切れそうに見えた。

心の準備をする暇もなく、あまりにも不意に訪れたこの再会に、彼女はどうしていいかわからず、ただ力なく首を振るだけだった。憎悪に似た影を浮かべて冷ややかに自分を見つめるこの男から同情をうることなどどうして期待できよう。まして、何か頼むことなどできようか。三年という歳月の流れがふたりにもたらしたものを愚かにも忘れてしまっていたのだ。

「さあ、答えていただきたいな、マドモワゼル」

それはまるで見知らぬ人のように冷たい声だった。ダイアンは男の目に浮かぶ非難に耐えられず、顔をそむけた。だが何を非難しているのだろう。なぜ、あんなに不信の色、嫌悪の色を露わにして見つめているのだろう。過去を思い出すのがそれほどいやなのだろうか。

「わ、わたしがここにいるのがどうしてわかったの?」ダイアンの言葉はほとんど聞きとれないぐらいだった。

マノエルはいらいらしたように声を上げた。「そんなことはどうでもいい。なぜここに来たんだ? いまさら、ぼくに何をしてもらいたいんだ?」そう言うと一歩踏みだして、彼女の肩を痛いほど強くつかんで振り向かせた。「さあ、顔をそむけるな、ダイアン!それとも、そんなにぼくを見るのがいやなのか」

彼の手につかまれたまま、ダイアンは震えていた。マノエルはにこりともせずにその顔を見つめた。それから、厚手のグリーンのセーターとクリーム色のスラックスに包まれた彼女の身体に視線を落とすと、その肩にかけた手をゆるめた。親指がダイアンの喉のあたりに触れたが、すぐに口元をひきしめて、手をおろした。

「もう一度きくけど、なぜきみはここに来たんだ」

「わたし――わたし、あなたに会いにきたの。ほかに頼るひとがいなかったから……」とダイアンは動揺を抑えて言った。

マノエルの目が曇った。「困ったことが起こったんだな?」それから、じれったそうにあたりを見まわして言った。「ここでは話ができない。部屋はとったんだろう、そこへ行こう」

「だめよ!」としぼり出すような声で彼女は言い、それから、口ごもりながらつけたした。「だめよ――あそこは――小さい部屋……ベッドルームだけだから……」

「そうか、きみの部屋でぼくが何かしないかと思ってるんだな、それが心配なんだな、きみは?」彼は不快そうに口を歪めた。

ダイアンは力なく首を振った。長く淋しい夜を過ごさねばならないあの飾り気のない部屋に、彼の面影を染みつかせたくなかったのだ。だが、どうしてそんなことを口に出せよう?

「あそこに――向こうにラウンジがあるわ」と彼女は口ごもりながら言った。「もし……

もしひとがいなかったら……」

ダイアンはラウンジの扉を押し開いた。中は真っ暗だった。足早に入っていき、スイッチをひねると、人けのない空間に光があふれた。

マノエルはにこりともせずに彼女の後からラウンジに入ると、後ろ手に扉を閉めて、それによりかかった。男の全身から一種の逆らいがたい力が発散しているのを彼女は認めた。

「さあ、ダイアン、何があったんだ、なぜぼくの助けがいるんだ」

ダイアンは射すくめるような男の眼差しに耐えられず、落ち着きなく部屋の中を歩きまわっていた。何と言っていいのかわからなかった。彼はやがて相手のそんな態度に我慢しきれなくなって、激しくこう言った。

「後生だから、ダイアン、ぼくは気の長いほうじゃないんだ！　言うべきことは言って、それで終わりにしよう」彼はそれから目を細めながらつづけた。「きみは何がほしいんだ？　金か？」

ダイアンははっと息をのみ、唇を震わせながらマノエルの顔を見つめた。

「わたしがお金をほしがってるってどうして思うの？」彼の言葉にこめられた皮肉が彼女の胸に突きささった。

「みんながほしがるものだからさ」と事もなく言い放って、彼は指をならした。「ぼくに謎をかけるつもりだったら、もうやめてくれ。そんなまわりくどいお芝居はもうたくさんだ！」さげすむように彼女を見ながら、彼ははっきりと言った。「どうしてきみはぼくから金をもらえると思ったんだ？」

ダイアンは一瞬言いよどんだが、きっぱりと言った。「わたしを助けるのはごめんだという意味にとっていいのね？」

マノエルは彼女の視線を平気で受けとめた。力なく目を伏せたのは彼女のほうだった。こんなに冷ややかにあしらわれても、彼に心のうちを見せずにいるのは信じられないほどむずかしかった。心に浮かぶほんのささいなことまで目に映し出されてしまうのではないかと彼女は思った。彼を見ているだけで激しい喜びが湧いてきて、そのためにいままでは意識にのぼらぬようにしてきたさまざまな思い出がよみがえってきた。彼女は目の前にある、どちらかといえば細面のたくましい顔のあらゆる相を知りぬいていた。そのひきしまった頬に口づけしたこともあった。肉感的な唇に愛撫されて、なにもかも忘れてしまったときもあった。時の流れもそうした記憶を消し去ることはできなかった。

彼は細い腰を締めつけているベルトに両手のおや指を差しこみ、彼女の問いかけに答えようともせずに言った。

「何か言ってくれよ。きみはなぜ金が必要なんだ？」

ダイアンは肩をすくめて言った。「個人的なことよ。でも、わたしを助けるつもりはないんだから、そんなことどうでもいいでしょう」

「きみを助けないとはっきり言った覚えはないね」と彼はものうげに言ったが、目は光っていた。「怒るのは早すぎるぜ、ダイアン。三年もたってからここに戻ってきて、なにもかも前と同じことを期待するなんて虫がよすぎるんじゃないか」

ダイアンは両の掌を合わせながら言った。「そんなこと期待してはいないわ。人間は変わるし、同じままでいるものなんかないことぐらいわかっているわ。不必要に事を複雑にして、あなたの生活をかき乱したくないだけよ」

マノエルは居丈高に身を乗り出して、激しい声で言った。

「きみがここにやってきても、ぼくの生活はかき乱されないと思っているのか、えっ？　いいか、ぼくたちは人間なんだ、ロボットじゃないんだぞ！　何をしようときみは過去をもちこみ、未来を変えてしまうんだ！」

彼の憤りの激しさにダイアンは身を震わせた。

「あなたにはわからないんだわ」と息がつまったように言った。「あなたのところに来なければならなかったのよ。ほかに頼るひとがいなかったのよ！」

「それに金も要るからな」とかろうじて自分を抑えながら彼は言ったが、怒りに肩は盛り上がり、目はぎらぎら光っていた。

「ええ」ダイアンはやっとそれだけ言った。

「いくら要るんだ？」

ダイアンは息をのみ、「二、三百ポンド」と口ごもりながら言った。

マノエルの眉がつり上がった。「二百ポンドだって？　二千五百フランぐらいだな」

「そのくらいよ」とダイアンはうなずいた。

マノエルはたっぷり一分ほど下唇を噛んでいたが、「二百ポンドか」とつぶやき、彼女のほっそりした身体に目を走らせていたが、やがて目を上げて言った。「何にそんな金が要るんだ、ダイアン。きみは妊娠しているんだな？」

「ちがうわ！」ダイアンは身を震わせて彼を見つめた。「そうじゃない！　どうしてそんなことを言うの？」彼女の声は悲しみに震えていた。何度か深く息を吸って落ち着こうと努めなければならなかった。

「どうして？」と彼は容赦なく相手の身体を見すえながらたずねた。「どうしてそう思っちゃいけないんだ？　きみの国でもよくあることだろう？　それとも、きみの国の男たちはほかとはちがうのかい？　そうは思わないね。きみは美人だ、ダイアン、相変わらずね。ベッドで眠れぬまま、ぼくの腕の中できみがどれほど美しかったか思い浮かべた夜は数えきれない」彼の唇は冷ややかに歪んだ。「きっとほかの男も知ったにちがいない、ぼくたちがともにした快楽を……」

ダイアンの手が身をかわす間もないほどすばやく、そして激しく男の頬をたたいた。そして、かすかなすすり泣きとともに、彼女は男をつきのけ、狂ったように扉を開け、階段を駆けあがった。

自室に戻り、ドアを閉めてキーをおろすと、くずれるようにドアにもたれかかった。後を追ってくる足音もドアをたたく音もなく、彼女のあえぎだけがしばらくつづいていた。

それから、だれも追ってこないことがはっきりすると、彼女はうつ向けにベッドに倒れ伏した。失望しきって涙も出なかった。

翌朝、ダイアンはなかなか起き出す気にならなかった。よく眠れず、目のまわりに隈ができていたので、朝食におりていくときはサングラスを掛けた。親切な支配人から何か言われたくなかったのだ。

濃いブラック・コーヒーを数杯のんだだけで朝食をすませてから、いま自分がおかれている立場を考えようと努めた。クレリーさえここにいてくれたら、と彼女はつくづく思った。ただ、クレリーは彼女のやり方に賛成しないだろう。クレリーははじめからありのままを打ち明けるという意見だが、いまのところダイアンはそうするつもりはない。お金が要るほんとうの理由をどうしてマノエル・サン＝サルヴァドールに打ち明けることができよう。それを聞いたらどういう反応を示すだろうか。ゆうべあれだけ屈辱を与えられたあとでは、彼から同情などしてもらいたくはなかった。

でも、もし彼がまたやってこなかったら、どうするつもりなの？　そう心の中でささやく声がした。どうするの？　ジョナサンが健康になれるチャンスをプライドのために犠牲にするつもりなの？

ダイアンははじかれたように椅子を離れた。こんなことをあれこれ考えていてもしかたがない。つづけなければならないのだ。マノエル・サン＝サルヴァドールに恥をしのんですがらなければならないのだ。たとえもっともひどい条件を出されても、それをのまねばならない——ジョナサンのために。

だが、いまの自分にとってもっともひどい条件とは何だろう？　そうだ、彼が真相を知り、あの子をほしがったらどうしよう。どうやってそれに抵抗できるだろうか。わたしには自分の口をすすぐだけの教師の給料しかない。マノエルはカマルグ地方に広大な土地を持ち、ローヌ河の上流にはぶどう園もある。想像もつかないほどの財産だ。争ったらどちらが勝つか目に見えている。

掌が汗ばんできた。ここへ来るのは愚かなことだったのだろうか。マノエルに金を求めるのはばかげていたのか？　いずれにせよ、恐ろしい危険を冒しているのだろうか。使途もきかず、黙って金を出してくれるだろうか。

胸が苦しくなってきた。でも、だれに頼れるというの？　クレリー伯母さんしか頼れるひとはいないじゃないの。もちろん、いい友だちはいる。だが、だれひとり、そんな大金をくれることはおろか貸してくれる余裕すらない。幾晩も眠れずに激しくせきこむジョナサンを看病しながら、湿気の多いところからもっと暖かく乾燥した土地へ連れていく方法を必死で考えたものだった。

涙があふれてきた。サン＝サルヴァドール家にとって二百ポンドは痛くもかゆくもない。聞いた話では二千ポンドだって雀の涙だ。それに三年前はあんなに熱心に金を押しつけようとしたではないか。いま、それよりずっと少ない金をもらってもいいではないか。彼女は力なく肩をすくめた。あの小切手を引き裂いてしまわなかったら、でも、あとで必要になるなんてあのときわかるはずがなかった。

ため息をもらして、彼女はホテルの石段に立った。今日もすばらしい天気で、遠くに見える教会の尖塔が陽光にきらきら輝いていた。馬に乗った一団が通り、ひづめの音が広場の石だたみに響いた。なかには子供もいく人かまじっていて、だれに教えられたのでもないたくみな手綱さばきで馬を操っていた。白馬ではなく、葦毛の馬ばかりだったが、ふさふさとした太い尻尾がカマルグ特産のしるしだった。

ダイアンは見えなくなるまで、その一団を目で追っていたが、やがて、やるせなさそうにきびすを返した。これからどうしよう。マノエルがふたたびやってくるのを夜まで待つか。それともこちらからさがしにいこうか。夜まで待ってもマノエルが来なかったら、また一日むだにしたことになる。

ため息がでた。しかし、どこへ行ったら彼に会えるだろう。もちろん、サン＝サルヴァドール農園へ行く道は知っていた。何度となく行ったことがあったから。だが、そこは私有地であり、いまの彼女は侵入者のように扱われるだろう。マノエルの母親は喜んで、必要とあらば力づくで彼女を追い返すだろう。

といっても、一日中ホテルをぶらぶらして待っているわけにはいかない。神経のいら立ちはすでに頂点に達しており、とにかく何かしていなくては気が狂ってしまいそうだった。

心を決めて、彼女はホテルに引き返し、部屋に戻って、ぴったりしたパンタロンと目を奪うような紫紅色のシャツ・ブラウスに着替えた。髪はどちらかといえば地味なシニヨンに結いなおした。ビジネスライクに見られたいと思ったからだ。どこといって飾りすぎのところはなかった。サン＝サルヴァドール農園に行っても、とくに人の注意をひきそうにはなかった。

シトロエンを満タンにすると、街を抜けて、河と沼地のあいだのほこりっぽいカーブの多い道路に沿って車を走らせた。どこまでも流れの音がついてきた。車の音に驚いて飛び立ったあじさしやまがもが頭上でうるさく鳴いた。はるかかなたの沼の水面に、まるで蜃気楼のように光って見えるのは、フラミンゴのピンクの羽根だった。フラミンゴの群れが沼の浅瀬を渡り歩いているのだ。干潟には生命が満ちあふれ、河口地帯をすみかにする何千羽もの鳥の群れが餌をあさりにくるのだ。丈高い葦のしげみの中にときおり見える色のかたまりはせりの一種やいそまつの花の群れで、こんなところに咲くとは思えないほど可憐な花だった。

遠くに胸をわくわくさせるような光景が見えてきた。黒い雄牛の群れだった。沼の土が盛り上がってできた草におおわれた小山の上で、十二、三頭がそろって草をはんでいる。彼女の車がそばを通ると頭を上げたが、大して興味を示すわけでもない。威嚇するように曲がった角を見て、彼女はスペイン牛だと思った。それから、横腹に焼きつけられた二つのSをかたどった烙印が目に入ると、思わずハンドルを持つ手に力が入った。それはサン＝サルヴァドールの牛の群れだった。漠然とこのあたりだとは思っていたが、すでに、はっきりサン＝サルヴァドールの地所に入っていたのだ。

遠くに、道路から離れてプラタナスの林があり、馬の一群がいた。その林の中に、ほとんど隠れるように、決して見誤ることのない色をしたジプシーの箱馬車が見えた。

ダイアンはブレーキを踏み、箱馬車のほうをいぶかしげに見ながら車を止めた。よく見かけるジプシーの箱馬車にすぎなかったが、どこか見おぼえがあるような気がした。そして、すぐに気がついた。あれはジェンマの箱馬車だわ。あそこで、わたしがマノエルと……。

彼女はその思いを振り切るように、ハンドバッグをつかんで車から出た。どうしてジェンマの箱馬車がこんなところにあるんだろう？　捨ててあるみたいに見えるけど、どうしたのかしら。ジェンマが箱馬車を代えるわけはないわ。それとももういらなくなったのかしら。

　ふと不吉な予感が胸をかすめた。ダイアンはパンタロンのポケットに両手をつっこんだ。そんなことはありえない。たしかにジェンマは年をとっていたが、あんなに若々しく元気だったじゃないの。死ぬなんてことはないはずだわ！　それとも……。

　ダイアンは道端にたたずんだ。箱馬車のまわりは一面のぬかるみだったし、彼女のはいている靴ではとてもそこまで行けなかった。それに、人のいる気配はまるでなかった。箱馬車のすけた窓にかかったカーテンは汚れきったまま、とても人がいるとは思えなかった。

　頭を振りながらダイアンは車に戻り、ハンドルに手をかけながらしばらく考えていた。あれほどジェンマが誇りにして、ぴかぴかに磨き上げていた箱馬車が、いまはさびつき腐るにまかされている。

　もう一度、箱馬車を振り返ってみた。急に喉がつまった。ジェンマは死んだのかしら？　あの気の強い女《ひと》はもう永遠にいなくなってしまったのか。マノエルが悲しげに見えたのはそのせいもあるのか。

　両肱をハンドルにのせて、彼女はうつろな目で前を見ていた。ジェンマはいつまでも生きるみたいだった。あのひとだけがサン＝サルヴァドールの一族のなかでわたしに親切にしてくれた。時の流れに逆らって不老を誇っているようだったジェンマを心のどこかであてにしていたからここまで出かけてきたのだった。

がっかりして彼女はあたりを見まわした。これからどうしよう。引き返すか、それともこのままサン＝サルヴァドール家へ向かうか。そうすればマノエルの妻に会うことになる。あの娘はイギリスの女に対する敵意を隠そうとすらしていなかった。マノエルの母親はあの娘の父親がサン＝サルヴァドール家の隣の地所の持主だという理由で、マノエルの妻にうってつけだと思っていた。

彼女は手荒くエンジンをかけながら、強いてジョナサンのことを考えようとした。あの子のためにここに来たのだ。そのために辱めを受けるとしても甘んじて受けねばならないのだ。

道の両側には次第に湿地や沼が少なくなり、遠くに木立にかこまれた一群の家が見えてきた。葦のしげみにふちどられた池の水面が陽光にきらめいていた。人家が近くにあるのに人影はまったくなかった。この広大な空間にいるのは彼女だけかもしれなかった。

彼女はふたたび車を止め、ボンネットの上に立って手をかざしてはるかかなたをながめわたした。地平線のあたりに何か動くものがあった。彼女はそれが何か見極めようと注意を集中した。

それは馬に乗った男たちだった。有名なカマルグの《番人》たちで、多年にわたってそうしてきたように牛や馬たちの群れを見まわっているのだ。

その一団が近づくにつれて、ダイアンの目に牛の群れを追っているのが見てとれた。そのたくましい黒い牛がはっきりと見えてくると、ダイアンはボンネットからすばやく飛びおりて、車の中に身を隠した。

サン＝サルヴァドール農園は、コリーダに使うスペイン牛を飼育していたが、主としてクゥルス・リーヴルに使われるそれより小さく、筋肉も劣るカマルグの牛は飼っていなかった。以前ここを訪れたとき、ダイアンはコリーダとクゥルス・リーヴルの違いを教えられた。それによるとコリーダはローマの円形闘技場で剣闘士が闘っていたころからさして人類の文明は進歩していないと思わせるような野蛮な見せ物であり、クゥルス・リーヴルはそれに比べておとなしく、危険なことに変わりはないとしても、牛は殺さずに何度でも使うスポーツといってよかった。

それでも、もっとも高い値で取引きされるのはスペイン牛の雄であり、その意味で家長たるマノエルの父親は闘牛場で尊敬される家畜番人《マナディエ》の長の称号で呼ばれるにふさわしかった。たしかにりっぱに飼育されたスペイン牛の雄はダイアンが見たこともないような獰猛な姿をしていたし、闘牛場に現れた瞬間から、最大限の敬意をこめて慎重に取り扱われた。予測もつかない動きをするから一瞬の油断も命とりになるのである。

牛たちの群れは、ほとんど彼女に気をとめることもなく通りすぎたが、番人たちは不思議そうに見つめていた。このサン＝サルヴァドールの土地に入りこんできた女がだれなのか、なぜやってきたのか知りたがっていた。

　年かさの男がひとり、馬をおりて、車に近づくと、アメリカ西部のカウボーイハットにそっくりなつば広の帽子をとった。ダイアンが知っている男はひとりもいなかったので、そのうちのひとりから声をかけられてびっくりした。

「ボンジュール、マドモワゼル」とその男はていねいに言った。「何かご用ですか《ケ・ス・ク・ヴ・ヴレ》?」

　ダイアンは思ったより親しげな笑みを浮かべた。

「ムッシュー・マノエルはどちらにおられますか?」

　男は眉をしかめた。「旦那《ル・パトロン》ですか、マドモワゼル? ここにはいませんよ《イル・ネ・パ・ジシ》」

　ダイアンは唇を噛んだ。「ノン、ご主人《パ・ル・パトロン》ではありません、ムッシュー・マノエルですの」

「ムッシュー・マノエルが主人です」と男は胸をはって答えた。

　ダイアンは信じられないといった面もちで相手の顔を見た。マノエルが彼の主人ですって! じゃ、マノエルの父親はどこにいるのだろう。

　しかし、もちろん彼女はそんな疑問を口にはせず、肩をすくめて言った。

「失礼《パルドン》、わたし、お宅のことをよく知りませんの《ジュ・ヌ・コネ・パ・ビャン・ラ・ファミーユ》」

　男は前よりはっきりと眉をひそめた。「あなたはイギリス人ですね、マドモワゼル、そうでしょう?」

　ダイアンはうなずいた。「ウイ。英語が話せるのね《ヴ・パルレ・アングレ》?」

「ほんの少しね《アン・プゥ》、マドモワゼル」と男は言ってにっこり笑った。

ダイアンは乾いた唇を湿らしてからたずねた。「結構だわ、ムッシュー、マノエルさんがどこにいらっしゃるかご存じ?」

男はあたりを見まわしてから、馬のところへ戻り鞍にまたがった。ダイアンが見たこともないほど薄いブルーの目の男のふしくれだった手や顔は、陽と風にさらされてマホガニー色になっていた。

「どこにいても不思議はないですよ、マドモワゼル」と男は言った「一年でもいまごろはすることが山ほどあるんです。あなたが農園でお待ちだとお伝えしますよ」

「いいえ、結構よ」とダイアンは首を振ったが、そのすばやい反応に年かさの番人はいぶかしげな目をした。旦那にここにいるのを知られたくないそぶりをしてるのを見ると、この女は招かれざる客なんだなと、その番人が思いはじめているのがダイアンにもわかった。

「わたし、アルルに帰らなくちゃ……」とダイアンはぎこちなく言った。「アルルにいるって言ってちょうだい」

「承知しました《ビヤン・シュール》、マドモワゼル」男は強いて礼儀正しく頭を下げた。自分が立ち去るのを待っているのだと気づくと、ダイアンはエンジンをかけ、ギアをバックに入れた。

クラッチをはなすのが早すぎたため、小さな車はいきなり後退し、片側の車輪が石のようなものに乗り上げたかと思うとそのまま横すべりして、道端のみぞにはまりこんだ。

らべた。

「しまった！」とダイアンは唇を噛んだ。狼狽を隠して、ドアを開け、外へ出て損傷をしらべた。

大したことはなかった。右側の車輪がみぞの泥にはまりこんでいるだけだったが、だれかの手を借りなかったら脱け出せないだろう。彼女は番人のほうを見た。

「ロープを持っていますか、マドモワゼル」

ダイアンはやっとのことでいら立ちを抑えた。ふだん、朝のドライブに出かけるのにロープを持っていくわけがないじゃないと言い返したくなったが、つまらぬことに腹を立ててもだれの得にもならないと思った。そこで、彼女は傷のついた車輪を見つめながら、首を振った。意志の力で、はまりこんだ車輪を引き出せるとでもいうようだった。

番人はゆっくりと鞍からおりてきた。男のしぐさにはそれだけでひとをいらいらさせるような消極的なところがあった。もっともそれは大地と空に親しみながら、長時間人けのない湿地帯で過ごしているせいだった。

「ロープはありますよ、マドモワゼル」と彼は静かに言いながら、鞍の前立てからロープを外した。

ダイアンはほっとして、喉まで出かかっていた罵りを抑えた。そして、どちらかといえばぎこちないほほえみを浮かべて言った。

「でもどこに結んだらいいかしら？」

番人は眉を上げると、かがみこみ、前部のバンパーにロープを結びつけた。それがすむと身を起こして、赤らんだ彼女の顔をちらっと見て言った。

「ハンドル、ちゃんと動かせるね」

「もちろんよ」

ダイアンは車のドアを開けた。男はロープを馬に結びつけると鞍に戻った。彼女は車を押しはじめた。つらい仕事で、車がやっと道路のほうへじりじり動きはじめたときにはすっかり汗をかいていた。その作業もほとんど終わったとき、ひづめの音が聞こえてきた。ぎくっとして見まわすと、一騎こちらに近づいてくるのが見えた。はじめは男の子だと思ったが、そばにくるにつれて、肩の上でふさふさゆれる金茶色の髪の毛が目に入り、少女だと知れた。馬がかたわらに止まったとき、ダイアンは心配そうに身を起こしたが、不意に興奮した叫び声が少女の口から発せられた。

「ダイアン！　ダイアンじゃないの！　いったいこんなところで何をしてるの？」

ダイアンはびっくりして少女の顔を見た。一瞬たじろいだダイアンだったが、少女のうれしそうな声を聞いてほっとした。

「ルイーズなのね。ほんとに、わたし、わからなかったわ。あのころはまだ子供だったんですものねえ」

少女はつられたように笑い出した。「十四だったのよ、ダイアン。いまは十七。ここで何してるの？　農園にお祖母ちゃん《グランメール》に会いにくるところなのね？」

ダイアンはぼうっとしていた。思いもかけぬ出来事だった。ルイーズの感激ぶりに嘘はなかったが、どう答えていいかわからなかった。ロープをほどいて馬にまたがった番人のほうを振り返って、彼女は心から礼を言いながら、ルイーズに何と説明しようかと考えていた。しかし、男の馬が走り去ると、ルイーズの言った言葉が混乱していた頭に鮮やかによみがえった。

「あなた——あなた、グランメールって言ったわね」と驚きをこめて彼女はたずねた。

「それは——あなたの言ったのはジェンマのこと？」

「もちろんよ」ルイーズの微笑が消えた。「お祖母ちゃんに会わずに帰るつもりじゃないでしょうね」

ダイアンは力なく首を振った。「わたし——わたし、箱馬車を見たのよ。それで思ったの——」彼女は身震いした。「気にしないでね。ねえ、ルイーズ、これはちゃんとした訪問じゃないの」それから力なく肩をすくめて付け足した。「きっともうわかると思うけど、わたしが農園を訪ねても喜ばれないのよ」

ルイーズの目が曇った。「お祖母ちゃんを訪ねるひとはほとんどいないの」と彼女は悲しげに言った。「でも、どうしてここへ来たの、ダイアン？　ゆうべ、マノエルがあなたに会いにいったと思うけど」

ダイアンは眉をしかめた。「知ってるの？」

「もちろんよ」とルイーズは肩をすくめて、フランス人らしい脈絡のなさで言った。「電話であなたの声だってわかったわ。あなたがここにいるにちがいないってマノエルに言ったのはわたしよ」

ダイアンは身をこわばらせた。「それで、みんなそれを知ってるのね？」

ルイーズは顔をしかめて、足元の草を蹴りながら答えた。「そんなことないわ、みんななんて……マノエルとわたしだけよ」

ダイアンは唇を噛んだ。「言ってちょうだい、ルイーズ、お父さまはもう農園にいないの？」

「パパは死んだわ！　二年前のことよ。いまはマノエルが責任者よ、ここは彼の農園よ、あそこにいるのはマノエルの牛なのよ」

ダイアンはびっくりして首を振った。それからまるでひとりごとのようにつぶやいた。「考えてもみなかったわ。で、お母さまはまだマノエルと一緒に住んでるんでしょう？」

ルイーズはうなずいた。「ええ、それにイヴォンヌもね」

ダイアンは胃に突きささるような痛みを感じた。「ああ、そうだったわね、イヴォンヌもね」

ルイーズはかなり長いあいだ彼女を見つめていた。

「あなた、やせたみたいね、ダイアン。あなたはどうしてるの、まだ先生してるの?」

「ええ、そう、まだ教えてるわ。あなたは?　学校卒業したの?」

「マノエルはわたしをスイスの学校に入れたがってるわ、でも、わたし行きたくない。ここが好きなの。なんでわたしをよそにやりたいのかわからないわ。ここが暮らしにくいと思っているためね」そう言ってちらっとダイアンの顔を見た。「イヴォンヌが事故に遭ったの知ってるわね、もちろん」

ダイアンははっとした。「いいえ、知らないわ。どんな事故?」

ルイーズは肩をすくめて言った。「雄牛に突かれたの。下半身が不随なのよ」

ダイアンは恐ろしげに息をのんだ。ルイーズは冷たく、気にもとめずに言ってのけた。まるでイヴォンヌのせいで事故が起きたとでもいうように。

「なんて恐ろしい!」とダイアンは手をひろげて言った。「いつ、いつのことなの?」

ルイーズはふたたび肩をすくめた。「あなたがいなくなった直後だったと思うわ。でも、それは関係ないわ」

「そう思う?」ダイアンの恐怖は去らなかった。

ルイーズは手綱をもてあそびながら、冷ややかに言った。「すべてイヴォンヌが招いたことなのよ。マノエルに腹を立てて、彼の牛をいじめて腹いせしようとしたのよ」それからまた、くせのように肩をすくめた。「雄牛をもてあそうぼうなんて!」

ダイアンはほつれ毛をかき上げた。マノエルが年のわりにひどく老成して見えたのも無理はなかった。あのひとにとってこの三年間はつらい期間だったにちがいない。

ルイーズは彼女の腕に軽く触れながら言った。

「また会えるわねえ、ダイアン。わたしはそのつもりよ。でもなぜマノエルに会おうとしなかったの？　わたし――わたしたち、思ってたのよ……」急に彼女は言葉を切って、唇を噛んだ。「どのくらいカマルグに滞在なさるつもり？」

ダイアンはぼんやりと車のドアのふちを指でなぞりながら答えた。「わからないわ、ルイーズ。事情によるの」

ルイーズはため息をついた。「マノエルに会いにきたんでしょう？」

ダイアンはためらったが、やがてうなずいた。

「ええ。どこにいるの？」

「きょうは外に出ているわ」とルイーズは眉をしかめながら答えた。「ぶどう園に行ったの」それから相手の顔をしげしげと見つめながら言った。「ゆうべ何があったの？」

「何のこと？」とダイアンはわからないふりをした。

「あなたと兄のあいだによ。ダイアン、わかるでしょう、何のことか。兄はものすごくいら立って帰ってきたわ！　イヴォンヌですら口を出せないほどだった。わたしはあなたたちがけんかをしたんだと思ったけど」

ダイアンは顔をしかめた。「もう行かなくっちゃ、ルイーズ。マノエルがいないのなら、農園に行ってもしかたがない――つまり、農園に行く理由はないもの」

「じゃ、お祖母ちゃんは？　あなたに会ったって言ってもいいでしょう？」

ダイアンはハンドルの後ろにすべりこんだ。「あなたの口にふたをするわけにはいかないわね。でも、こんな事情では、思いやりがあるとはいえないわ」

「ああ、ダイアン！」ルイーズはボンネットに身を寄せて、ダイアンの手首をつかんだ。「なぜそんなに隠したがるの？　なぜ、いまごろ戻ってきたの？　あなたに再会したらマノエルがどうなるかよく知っているわよね、そうでしょう！」

ダイアンはエンジンをかけた。

「ごめんなさい、ルイーズ。なにか隠したがってるように見えたらあやまるわ。それに、ジェンマにも会いたかったのよ……」

彼女の声はかすれていた。それから頭を振った。

「さようなら」

「さようなら、ダイアン」ルイーズは身を起こしたが、また、二、三歩走り寄って言った。

「あなたが発つ前に、ホテルに訪ねていってもいいでしょう？」

ダイアンはハンドルを握りしめた。

「お断りはしないけど、そんなにいい考えじゃないと思うわ。さようなら《オ・ルヴォワール》」

ルイーズは手を振った。ダイアンは広い場所に出るまで車をバックさせ、それからターンさせた。やがて、かなりのスピードで車を走らせながら、ダイアンはこみ上げてくる嗚咽《おえつ》を抑えられなかった。

3

その夕方早々に食事をすませたダイアンはクレリーに手紙を書こうと部屋に戻った。何かをしている必要があったのだ。サン＝サルヴァドール農園やそれにまつわる悲しい思いにほとんどかかわりのない、なにかごくあたりまえのことを。

彼女は一日中イヴォンヌの奇禍のことを考えていた。しまいにはイヴォンヌの気持を推測しようと思うあまり頭が痛くなってきた。おそらく一生廃人同様になってしまうなんて、なんて恐ろしいことだろうと胸がしめつけられた。イヴォンヌがかつて示した悪意も忘れてしまっていた。思い出せるのは、たくみに馬をあやつる姿であり、すばらしく健康そうな肢体だった。たった数分の不注意がすべてをめちゃくちゃにしてしまったのだ。それに、イヴォンヌはあきらめる代わりに、ひっきりなしにぐちを言って暮らすような女ではなかった。

ダイアンはペンと紙をとり出したが、書く気はおこらなかった。自然にマノエルのこと、マノエルの救いようのない立場のことが頭に浮かんできた。あのひとは力強く、たくましい男だ。イヴォンヌは憤りのはけ口をあのひとにもとめているのではないかしら。わたしの心を痛めつけたあのいかにもうんざりしたといった態度、疲れきっているような様子はそのせいなのかしら。

彼女は頬づえをついたまま、あふれてくる涙をぬぐおうともしなかった。ここに来るべきではなかった。ジョナサンのためにそうすべきだというクレリーのすすめに従うべきではなかったのだ。ここで何が起こったのか知らないでいたときよりみじめな気持になっただけで、それ以外になんのみのりもないのだったら、ここへ来ることなんかなかったのだ。

彼女の唇がかすかにゆるんだ。事情がちがってさえいたら、と彼女は絶望感を抱きながら思った。わたしとマノエルが別れてさえいなかったら。ふたりが分かちもっていたものはたしかにマノエルにとっても意味があったのだ。ふたりの絆はあれほどかたく結ばれているように思えたのに、たちまちのうちに断たれてしまった。

いまでもなお、あの別れの悲しみは身にせまってくる。それどころか、あとになればなるほど激しく胸をえぐるのだ。

それに、ジェンマ、あのいろいろな迷信や宗教的信条をかたくなに守っている負けん気の強い老婆、あのひともひと役買って、わたしたちをはげまし、カマルグの白馬と同じように中世から綿々と受け継がれてきた儀式によってわたしたちの絆をかためさせてくれた。

それなのにあの幸せを二度と味わうことはなかったのだ。彼女は手の中に顔を埋めた。

人生とはほんとうにままならないものだ。天国に手がとどきそうになったとたんに、魂を腐らすほどあっけなく横から奪い去られてしまう。

ダイアンは息苦しくなって立ち上がると、窓べに歩み寄り、静かな広場を見おろした。太陽が地平線に沈んで影が長くのびていたが、空気には人の気をそそる夕暮の甘さが漂っていた。彼女は狭苦しい部屋を逃れて、外に出てみようと思った。

まるではじかれたように、ドアに向かった彼女は、足早に階段をおり、ひやりとする夕方の外気のなかへ出た。

彼女の飾り気のないなす色のジャージーのガウンは目のまわりの隈をきわ立たせていた。それはダイアンが招かれていたクリスマス・パーティに間に合うように、クレリーが一晩がかりで縫い上げてくれた長いガウンだった。いうまでもなく、ダイアンはそのパーティに行かなかったが、こんな宵に着るのにぴったりのドレスだった。

ホテルを出るには出たが、どこへ行くあてもなくしばらく彼女はためらっていた。通りかかるのはみなふたりか三人のグループばかりで、ひとりぼっちなのは彼女だけだ。野外のカフェでコーヒーを飲もうと決めて、メインストリートのほうへ歩きはじめた。群衆のなかにいれば目立たずにすみそうだ。

しばらく行くと、一台の車が彼女の脇をまるで彼女の歩調に合わせるように速度を落として走りはじめた。フランス人の若者がふたり、窓から身を乗り出して声をかけてきた。

名前をきいたり、どこへ行くのかなどとたずねたりしたあげく車に乗れとしつこくすすめはじめた。彼女は無視して歩きつづけたが、しまいには当惑と怒りで顔が赤らんでくるのがわかった。

不意に車が止まると、若者のひとりが彼女の前にとび出してきた。

「マドモワゼル、シェール・マドモワゼル」と若者は歌うように言った。「ぼくたちと一《アヴェック》緒にいらっしゃい《メ・ザミ・エ・モワ》」

「どいてちょうだい！」ダイアンは立ちふさがれたのでやむなく足を止めて言った。

「あっ、イギリス人《アングレーズ》だ、でも美しい《メ・シ・ベル》・イギリス人《アングレーズ》だなあ」若者は友だちのほうを意味ありげにちらっと見た。もうひとりが車のドアを開けて手まねきした。

ダイアンはかすかに不安になった。ちょうどそのとき、道にはほとんど人影がなく、力ずくで連れていかれるのではないかと心配になった。車の若者たちは明らかに酒を飲んでおり、何をするかわからなかった。

「おねがい、通してちょうだい」彼女は声の震えを努めて抑えながら言ったが、その若者はいやらしく彼女のほうにせまってきた。

恐怖にとらえられてダイアンは後ずさりしたが、とたんにかたい男の体にぶつかった。かっと頭に血がのぼって彼女はいきなりその男に向きなおると、小さなこぶしをかためて相手の胸を思い切りたたいた。とっさに若者のひとりだと思ったのである。しかし、震える彼女を押しのけた男は色目をつかう若者ではなかった。ほっそりと背が高いその男は、しつこく彼女にまつわりついていた若者のフリルのついたシャツの襟元に激しい勢いで手をかけると、車のほうへ突きとばした。若者はよろけて車の屋根に頭をぶつけた。若者たちにどんな激しい言葉をたたきつけたのかダイアンはわからなかったが、すぐに車はほこりを立てながら走り去った。それを見て男ははじめて彼女のほうを振り向いた。助けてくれたのがだれかわかったとき、彼女は茫然と立ちすくんだ。

マノエルはしばらくじっと見つめていたが、やがて言った。

「さあ行こう。片はついた。いったい夕方のこんな時間にどうしてひとりで街を歩いていたんだ！」

ダイアンはかろうじて落ち着きをとり戻した。

「散歩に出ただけ、それだけよ。外を歩いたからって、いつもからかわれるわけじゃないわ！」彼女は震える手で髪をかき上げたが、そのしぐさには意識しない色気が感じられた。

「とにかく、あなたがしてくれたことにお礼を言うわ」

マノエルはいらいらして言った。「どういたしまして。ぼくが来なかったらどうなっていたか考える気もしないね！」彼は口をひきしめて、ほとんど怒っているように彼女を見た。「ダイアン、ここはイギリスとはちがうんだ、きみの行動を見ていると……」そして突然言葉を切ると、ポケットから両切葉巻をとり出し、歯のあいだにはさんだ。慎重に火をつけてから、こう言った。

「行こう！　きみと話すために来たんだ」

ダイアンはおののきながら相手を見た。「農園に車で行ったことをルイーズから聞いたのね」

「そうさ」頭をかしげ、目を細めて彼は言った。「家には来なかったそうだね」

ダイアンは肩をそびやかした。「行ってどうなるっていうの？」

マノエルは彼女の蒼白い顔を確かめるように見ると、それ以上何も言わず、大股で歩き出した。ダイアンはどこに行くのかいぶかしく思いながら、強いて後を追った。

行く先はすぐにわかった。ホテルの前の広場に、他の車がみんな小さく見えるほど巨大な、ほこりまみれのシトロエンのステーションワゴンが止めてあった。マノエルは助手席のドアを大きく開けた。

「乗りたまえ」と一言だけ口にした。ダイアンは足がなえたようになっていたから、言われたとおり車に乗りこんだ。

マノエルはボンネットをまわって、彼女の横にすべりこんだ。ダイアンはひそかに彼を見守った。暗く憂鬱そうな顔、膝まであるブーツに黒いズボンのすそをたくしこみ、胸もとを大きく開けたダーク・ブルーのシャツから突き出た日焼けしたたくましい首には細い鎖がかけられ、その先についたメダルはほとんど胸毛の中に隠れていたが、ダイアンにはそのメダルが何を表しているかよく知っていた。それはサラの紋章だった。サラはレ・サント・マリ・ド・ラ・メールの伝説に出てくる黒人の召使であるが、全ヨーロッパのジプシーに崇拝されており、その祝祭は放浪の民にとってのあこがれであった。

かつて一度その鎖がダイアンの首にかけられたことがあった。彼女の心はあやしく騒めきはじめた。目は吸い寄せられるように男の褐色の肌の上をさまよった。手を伸ばしてそれに触れたいという気持が抑えられなくなったが、大きく息を吸いこむと浮わついた心を抑えようと努めた。

マノエルが手首をひねると、エンジンが動きはじめた。それから大きなステーションワゴンはゆっくり縁石を離れた。どこへ連れていくつもりか聞きたかったが、それも口に出すのはひかえた。しばらくはマノエルとともにいるだけで十分だったし、怒りをかきたてるだけかもしれない質問をして、いまの気分をめちゃくちゃにしたくなかった。

車は北東にあるレ・ボーに向かう街道を走っていた。フォンヴィエイユの静かな渓谷を抜けると、灰色の廃城とくずれ落ちた塔でそれと知れるレ・ボーを頂いた岩山のふもとに着く前に、マノエルは車を道の脇に寄せて止め、サイドウィンドーをおろした。

「さて《ビヤン》」と彼はたずねた。「いま何を考えているか言ってくれ」

ダイアンは首を横に振った。「何にも考えてないわ」はっきりと考えがまとめられないので、すなおに彼女は答えた。彼のそばにいると気がたかぶってくるので、手さぐりでドアを開け、外に出た。冷たい空気に包まれて思わず彼女は身震いした。アルルのあたりに比べて、ここはずっと涼しく、平原を渡る塩気を含んださわやかな風が気味悪い音を立てて通りすぎた。

マノエルも車から出た。ふたりはしばらくのあいだ、きらきらと星がまたたきはじめた絹のような夜空を背景に黒々とそそり立つ岩山をながめていた。それから、マノエルが彼女のほうを見た。ダイアンの身体は夜目にもわかるくらい震えていたが、寒さのせいではなかった。

「なぜきみはぼくのところへ来たんだ」と彼は強い口調でたずねた。「なぜいまごろここへ戻ってきたんだ！」

その目の異様な光におびえて、ダイアンはでこぼこした道の上に足をすべらせながら後ずさった。

「その理由はご存じでしょう」と彼女はすばやく答えた。

マノエルは声を荒げた。「いや、知らないね！」まるで歯がみをするようにつづけた。「きみは金がほしいといい、その理由は言いたがらない。ぼくの援助を期待しながら、援助するものの当然の権利を認めようとしないんだ！」

ダイアンは肩ごしに相手の顔を見た。

「ことを面倒にしないでちょうだい」と力なく叫んだ。「もう、わたしにお金をくれるつもりはないと言ったじゃないの」

マノエルの顔が曇った。「どういう意味だ」

ダイアンは首を振った。「気にしないでよ」彼女は足元の石を蹴った。「なぜわたしをここへ連れてきたの？　なぜ、またやってきたの？　わたしを助けてくれるつもりなの？」

マノエルはいら立って相手の顔を見つめたが、首の後ろにまで長く伸びたふさふさした黒い髪に手をやった。

「ぼくがやってきたのは――きみに会いたがってるひとがあるからさ」と彼はにがにがしそうにつぶやいた。「ジェンマがきみをよんでほしいって言ったからさ！」

「なんですって？」とダイアンは信じられないといった面もちで目を見ひらいた。

「でも、どうしてわたしがここに来たことを知ってるの、ジェンマが」

「どうしてジェンマは何でも知っているのかな？」彼の目は曇っていた。「ルイーズが話したんだと思うよ。そんなことどうでもいいじゃないか。きみは会うだろう？」

ダイアンは深いため息をついた。「わたし、わたし、行かないと思うわ。あなたのお母さまはわたしがあそこへ行くのをいやがってる。それに、あなたの奥さまだって……」

マノエルは彼女の手首を荒々しくつかんだ。「ぼくの妻だって？　奥さまだって？　ぼくに妻はいないよ――まだね！」

ダイアンは息をはずませ、せき立てられたようにあせって言った。「でも、ルイーズが話してくれたわ――イヴォンヌのこと、それに事故のことも。あのひと、あのひと言ってたわ、イヴォンヌは農園であなたと暮らしてるって――」

マノエルは冷たく射るような目で彼女を見すえた。「たしかにイヴォンヌは農園で暮らしている。あれはかわいそうな障害者なんだ！　それに母親ももうこの世にはいない。どこで暮らせるっていうんだ？　だが、イヴォンヌはぼくの妻なんかじゃない」

そう言いながら、手首をつかむ手に力をこめたので、ダイアンは頭を左右に振ってもがきながら叫んだ。「手首が痛いわ、折れちゃうじゃないの！」

マノエルはあっけにとられたように握りしめているほっそりとした手首を見て、赤くなっているのに気づくとあわてて言った。

「しまった《ディユウ》、ごめんよ、ダイアン」それから、かすれ声でぶつぶつ言いながら、彼女の手を持ち上げて心配そうにながめた。彼女は鳥のように手をばたばたさせ逃れようとした。相手の目に危険な色を感じたからだ。やっとのことでつかまれた手首をもぎとると、後ずさりして、しびれた部分を片手でこすりながら、ちょうど車の幅ぐらい離れるとかすれ声で言った。

「もう戻ったほうがいいわ」

マノエルは疲れたように手で首のあたりをもみながら、そっぽを向いていた。ダイアンはなにか目が放せないような気がしてその姿を見つめていた。やがて彼は両手をだらりと下げてから、肩をそびやかすようにして振り返った。

彼はダイアンのほうに目を向けずに、ハンドルの前に座った。よろめきながらダイアンも助手席に身を沈め、彼の足にさわらぬように注意しながら、まくれた長いドレスのすそをそっとおろした。しかし、マノエルはそんな彼女を見もしなかった。

早く車を出してほしかったが、彼は相変わらず両手をハンドルにおいたまま、エンジンをかけようともしなかった。それどころか、ぶっきらぼうな乾いた声でしゃべりはじめた。

「もしジェンマに会いに農園に来てくれれば、きみが例の秘密の目的のために必要としている金を用立てよう」

ダイアンは息をのんで言った。「冗談はよして！」

「なぜ冗談だ！」

ダイアンは力なく肩をすくめた。

「いざこざの種になるだけよ――わたしがあそこに行くのは！　あなたのお母さまはきっといやがるわ、わかるでしょう？　あのかたはわたしを嫌ってるわ。それにイヴォンヌにしたって……」彼女の声は悲しげに途切れた。

マノエルは彼女のほうへ顔を向けた。その目は暗い車内で光っているようだった。「おふくろやイヴォンヌに非難されるときみが思いこんでいることのほうが、ぼくにしてみれば気になるね」と彼は冷ややかに言った。

ダイアンは胸に片手をあてた。「こんなにひどいひとじゃなかったのに」

「ぼくがかい？」と彼は広い肩をすぼめた。「いまのぼくにはもっとびっくりするところがあるよ」

「マノエル、おねがい！」とダイアンはすがるように言った。その目は大きく見ひらかれ光っていた。

「こんなことをしていたってお互いに苦しむだけよ！　あなただっていやでしょう」

「なぜさ？　気晴らしになるかもしれないじゃないか」彼は急にルームライトをつけた。ダイアンの真剣な表情をした美しい顔がその光のなかに浮き上がった。マノエルは身体をかたむけて、膝の上におかれた彼女の左手をつかみ上げた。指のほっそりとした手には指輪ひとつはめられていない。

ダイアンはなすがままになっていたが、すぐに彼は手を放した。

「言ってくれ、金が要るのは男のためだろう、その男を愛しているのか、きみは？」

「男なんかいないわ！」とうめくように彼女は言った。

マノエルは疑わしそうな目つきになった。「じゃあ、きみ自身のために必要なのか？」

「そうよ」とダイアンは赤くなった。

「なぜ？　どんな理由で？　きみは妊娠してはいないと言ったね。そんなたぐいのことじゃないと言ったね、じゃあ、何なんだ？　どんなことがありうるね、それ以外に？」

「ああ、マノエル、おねがい！　そんなにわたしを苦しめないで」ダイアンの声はかすれていた。彼女は頬に手をあてて、平静さを失わせるようにあふれ出てきた涙をぬぐった。

マノエルは口元をひきしめていたが、頬の筋肉はぴくぴく動いていた。やがて、彼は何も言わずにルームライトを消し、エンジンをかけた。

ふたりは黙りこんだまま、ホテルへ戻った。ステーションワゴンがホテルの前に止まったとき、口を開いたのはダイアンだった。なにか口にせずにはいられなかったし、自分と同様、マノエルもみずからのジレンマに気づいているのがわかっていたからである。

「どうするつもりなの？」とぎこちなくたずねたのだ。

「きみ次第だ、そうだろう？」とマノエルは唇を歪めた。

ダイアンは首すじのつややかなシニヨンに手をやった。「思ったとおりにするつもりなのね？　無理にでもわたしを農園に連れていこうってわけね！」

彼はけだるそうにシートにもたれ、リズムをとるように長い指でハンドルをたたいていた。

「ぼくの助けがほしいなら――そのとおり」

ダイアンは肩をそびやかした。「わかったわ。で、いつ？」

「来るつもりなのか？」目が細くなった。

「ほかにしようがある？」とはっきり相手の顔を見つめて言った。

彼は人をばかにしたような口のきき方をした。

「ないね。きみは是が非でもこの金を手に入れようとしている。ダイアン、ぼくはきみ自身のために金が要るなんて信じられない。きみがこんな犠牲を払うからにはもっと深いわけがあるからだ」

ダイアンはドアを開けて言った。「もう行っていいわね?」

「ちょっと待ちたまえ」その目は射るように彼女にそそがれた。「あさってきみを迎えにくる。明日はニームに行く用があるんだ。遅れて申しわけないが、きみはきっと待っててくれると思う。それほど金が必要だとしたらね!」

ダイアンの唇が歪んだ。なんて傲慢になれるんだろうと思った。その冷ややかな言葉は彼女の心をずたずたに引き裂いた。まるで邪魔者扱いじゃないの? その態度からしても、わたしを自分のことしか考えない浮気な女と思っているのは明らかだわ。

彼女はドアを押し開けて、何も言われないうちに外に出た。彼は手を伸ばしてそのドアを勢いよく閉めると、ギアを入れた。大きな車は荒々しく走り去った。

ダイアンは疲れきってのろのろとホテルに入っていった。怒りと悲しみに打ちひしがれて、半ばやけになって、彼に会うまでの一日間どうやって過ごそうかと考えていた。

事実、予想していたように次の一日は過ぎてしまった。しかし、暖かい春の日ざし、花咲く樹々や鮮やかな色で咲き競う草花にはダイアンの沈んだ心も慰められた。

朝のうちにクレリーに手紙を書き、出しにいった。といってもマノエルに会ったこと、二、三日のうちにいい知らせがあるかもしれないと手短にしたためただけだった。真相をマノエルにまったく知らせていないこと、今後も知らせるつもりのないことをクレリーに言うわけにはいかなかったのだ。あんな気持でいるマノエルに真相を明かすのはふさわしくないとわかった以上、いささか良心はとがめても、黙っているつもりだった。たとえばジョナサンが生まれたという否定しがたい証拠を握ったら、大喜びに彼女から息子を奪い去る可能性が大いにある……この際、ジョナサンがマノエルの息子でもあるということは関係ない。

しかし、それでも、と心の中で良心がささやいた。マノエルは真相を知る権利があるじゃない！

ホテルに戻ってくると、思いがけない訪問者が彼女を待っていた。そのことがなかったら、その日は長く苦しい一日になっていたことだろう。だから、アンリ・マルタンのなんの心配もないような顔を見たとき、救われる思いだった。

彼はフロントのそばの椅子に腰を下ろして彼女を待っていた。ホールを横切って階段へ向かうダイアンの姿を見ると、心配そうな表情を浮かべた。

「キングさん！」そう呼びかけられ、彼女はびっくりして振り向いた。

「まあ、マルタンさん、ここで何してらっしゃるの？」

アンリ・マルタンはフランス人独特の身振りで両手をひろげて言った。

「お昼にお誘いしようと思ったんです、マドモワゼル・キング。あつかましいとは思いましたが、お許しねがえますねえ」

ダイアンはため息をついた。一瞬断ろうと思ったが、何かが彼女をためらわせた。ホテルを出るのもいいことかもしれないという気がした。なにもかもいやになるほど心を痛めている気がかりを忘れたくもあった。アンリ・マルタンは少なくともこの一件にはまるでかかわりのないひとだし……。

「ありがとうございます、マルタンさん。よろしかったらご一緒させていただきますわ。でもちょっとお待ちになってね。着替えをしてきますから」とふだん着のスラックスとシャツ・ブラウスを指さしながら言った。

アンリ・マルタンの顔は喜びで輝いた。たしかにとてもハンサムな青年だわ、と彼女はなんとなく思った。高級な仕立てのグレーのスーツにしみひとつない真っ白なシャツを着こんだ彼は、昨夜のマノエル・サン＝サルヴァドールのように四角ばらない服装のひとが大部分であるこのあたりでは異彩を放っていた。それにマノエルもそうした服をまれにだが着ることがあった。彼女も夜会用に盛装した彼に会ったことがあるが、まったく見られたものではなかった。祖母から受け継いでいるジプシーの暗い翳《かげ》りは、家畜番人の服装のときにすばらしい魅力として発散された。

「どうぞごゆっくり、喜んでお待ちしますよ」とアンリは言った。ダイアンはほほえんでみせてから急いで階段を昇って部屋に戻った。

しばらくして、淡いグリーンのリンネルのミニドレスを着ておりてきたダイアンは、ひどく若々しく見えた。おとなしいヘヤスタイルのおかげで、それほど刺激的に見えないだろうと彼女は思っていた。

ふたりはアルルの中心街にある大きなレストランで食事をした。アンリがよく知っている店らしかった。

いったいこのひとの職業は何なんだろうとダイアンは考えた。トマトやマッシュルームと一緒にくしに刺された牛の腎臓の料理をとった。あまりお腹はすいていないとはじめのうちは言っていたダイアンだったが、しまいには大いに健啖ぶりを発揮した。結局彼女は若く健康なのだし、アンリと一緒にいると、とくにマノエルとあんな出会いをしたあとだけに、よけい気がおけなかったのだ。

食事をすますと、アンリはローヌ河の上流へぶどう園を見物にいこうと提案したが、ダイアンは反対した。ニームはローヌ河の上流にあり、アンリと一緒にいるときにマノエルに出会いたくはなかった。それにマノエルに出会ったら、おそらくマノエルは自分の後を追ってきたのだと思うだろう。それでもいいという気がちらっと頭をかすめたが、あまりにも無責任な気まぐれだと思いなおした。

で、ふたりはレ・サント・マリ・ド・ラ・メールへ車を走らせ、何時間か浜を散策して楽しんだ。その午後にダイアンはいろいろのことを知った。アンリの家はアルルで大きなスーパーを経営しており、アヴィニョンやマルセイユにも支店があるとのことだったし、アンリはいずれその会社の社長の座を約束されているので、パリで会計学や経済学を学んだということも知った。だから、暇はたっぷりあるとアンリは言った。ダイアンは彼が自分に対してこれほどの関心を示してくれるのは喜ぶべきことだと思った。

アンリ・マルタンはアルルの母親連から娘の絶好の結婚相手だと思われているに相違なかった。マノエルの両親がそうだったように、そうした母親たちも貧しいイギリス人の女教師などと彼が一緒にいるのをよく思うはずはない。

自分のことに関して、ダイアンはほとんど何も話さず、単なる観光客としてアルルに来たものだと思わせておいた。時間がたつにつれて、アンリがマノエルやその家族を知っているらしいのに気づいた。もっとも、とにかく、サン＝サルヴァドール農園はかなり大きな企業体として成功しており、そのぶどう園でできた良質のワインはアンリの父親のスーパーでも売られているらしい。

ダイアンは、自分がアンリと一緒にいるのをマノエルが知ったらとか、アルルへやってきた真の理由をアンリが知ったらとか、さしあたり考えないでいようと思った。そんなことは忘れて楽しむつもりだった。何年も前から、これほど気楽に男性とつき合ったことはなかった。アンリはチャーミングだったし、話せる相手だった。ふたりは本や絵のこと、最近評判の芝居のことなど話し合った。そして、もう五時になるとアンリに告げられてびっくりしたくらいだった。

ぴかぴかに磨き上げたイタリア製のスポーツカーを飛ばしてふたりはアルルに戻った。ホテルの前で車を止めると、アンリは熱っぽく言った。

「こんどはいつ会えますか？ 今夜はいかがです？」

ダイアンはハンドバッグの革ひもを指にまきつけながらゆっくりと答えた。

「いいえ、今夜はだめよ、アンリ。それに明日も。わたし――わたし、明日はしようと思ってることがあるのよ」

アンリの顔がちょっと生気を失ったように見えた。

「じゃ、いつならいいですか？」

ダイアンはため息をついた。どれだけここに滞在することになるか自分でもわからないのに答えようがなかった。

「お電話くださる？」とためらいがちに口にした。「そう、それが一番よ」

アンリは肩をすくめた。「それがいいんなら、そうしましょう。でも、電話に出てくださるでしょうね？」

ダイアンの唇がほころんだ。「もちろんよ。きょうはとても楽しかったわ。お愛想で言ってるんだなんて思わないでね」

アンリは少し気が軽くなったようだった。

「オーライ、お電話しますよ、あさってならいいでしょう?」

ダイアンはうなずいた。シートの後ろからアンリの手が伸びて、うなじの髪のあたりに触れてきたとき、彼女はさりげなく車をおり、すばやく「さようなら」と言った。

アンリは唇を歪めたが「オ・ルヴォワール、ダイアン」と手を上げると、スポーツカーはすべるように遠ざかっていった。

部屋に入ると、ダイアンはハンドバッグをほうり出し、伸びをした。さっきアンリに言った言葉に嘘はなかった。心からとは言えぬまでも、とにかく楽しんだのは事実だった。アンリは心にわだかまっていたものを忘れさせてくれたし、安心してつき合えた。もちろん自分に気のあるのはわかっていたが、異性から思いがけない讃美の言葉をかけられることはよくあったし、彼が一生懸命なのは自分が女性であることからくる、あたりまえの反応にすぎないと思っていた。外見以上に男の心を迷わせる何かがそなわっているのに彼女はまったく気づいていなかった。

着ているものを脱ぎすてると彼女は冷たいシャワーを浴び、シルクのバスローブを着てベッドに横になった。疲れを感じたが、これまでのなりゆきを考えれば驚くにあたらなかった。このホテルに着いてから熟睡したことはなかった。それほど心が動揺していて、完全に伸び伸びできなかったのだ。しかし、その日の午後に海の空気に触れたせいか、まぶたが重くなってきた。目を閉じるとすぐに眠りに落ちていった。

目を覚ますと、外は暗くなっていた。ひどく寒けがしたので、ベッドからすべりおり腕時計をさがした。さっきシャワーを浴びるときに外してドレッシングテーブルの上に置いてあった。時計の針がまもなく午前零時をさそうとしているのを見て、がく然とした。信じられないというように首を振った。六時間も眠りこんでいたのだ！

そっと部屋のドアを開けると、しばらく聞き耳を立てた。下からはなんの物音も聞こえてはこなかった。彼女は身震いしてドアを閉めた。もう一度ベッドに戻るのが一番だ。いまさら着替えてもどうしようもない。

シーツのあいだにすべりこんだが、目がさえて寝つけない。月の光が窓から差しこみ、部屋をうす明るく照らし出している。遠くから眠けをさそうようなギターの調べが心をゆり動かす悲しいメロディを運んでくる。

彼女は深いため息をついてベッドからおり、ゆっくりと窓べに向かい、影の落ちる広場を見おろした。かすかな風にプラタナスの葉がゆれ、その幹は月光を浴びて亡霊のように見えた。

広場には木のあいだに半ば隠れて、一台の大きな車が止まっていた。ほこりまみれのグレーのステーションワゴンだった。ひとりの男が木の陰から現れるのがダイアンの目にとまった。日焼けした背の高い男で、その髪は月光を浴びて銀色に光った。濃い色の服を着ていた。家畜番人の服装で、チョッキのボタンは外してあり、濃い色のシャツのそでは肱までまくり上げてある。

突然、男は顔を上げて、ホテルの暗い窓を見上げた。ダイアンは思わず片手を胸にあてて後ずさりし壁にもたれかかった。マノエルだった！　マノエルがホテルの前にいる、なにか思いつめたように歩きまわっている！

もう一度のぞいて見た。こんどはステーションワゴンのボンネットにもたれ、両切葉巻に火をつけようとしている。マッチの炎が一瞬男の荒れた顔の皮膚を浮き上がらせた。それから葉巻をくわえたまま、両手を車の汚れたボデーについた。その肩は落胆しきったように丸められていた。

ダイアンは胸がつまり、息苦しくさえなった。こんな夜中になぜここへ来たのか？　どうしてホテルまで車を走らせてくる気になったのか？　彼をこんな淋しい夜の街にまで駆り立てたものは何だったのか？

彼女は胸苦しさを覚えてまるで自分をかき抱くように両腕を組んだ。吐き気すら感じた。それは飢えによるものに似ていたが、少なくとも肉体的な飢えからくるものではなかった。なぜもっと早く眠りこんでしまわなかったのか。なぜいつもの時間にベッドに就かなかったのか。そうすればこんなことを見なくてすんだだろうに。

彼女はふたたび窓に近づいて、さっと目を走らせてみた。ステーションワゴンはもうそこにはなかった。広場に人影はなかった。みじめな思いにひたりきっていたので、エンジンの音も耳に入らなかったのだ……。

4

あくる朝、ダイアンはとても早く目が覚めた。他の客がまだひとりも姿を見せないうちに食堂でコーヒーを飲んだ。いらいらして、精神が集中できず、ベッドにじっとしていても何も考えられなかったからだ。彼女は飾りのないブルーのコットンドレスを着ていた。それを着ると良いことがあったし、農園に行っても場ちがいに見えないだろう。マダム・サン＝サルヴァドールやイヴォンヌの気をひきたがっていると思われたくなかった。もっとも何を着てもエレガントに見えてしまうことにはまったく気づいていなかった。

かなりの時間がたったが、マノエルは姿を見せなかった。ダイアンは落ち着かなくなってきた。朝早いうちに来るだろうと思っていたのだが、時計が十時半をまわるころには、結局来るつもりなのだろうかと疑いさえしはじめた。いても立ってもいられなくなり、マノエルが現れるのを期待してフロントの前をうろうろ歩きまわった。わざとわたしを待たせてなにかで優位に立とうと思ってるのかしらと冷ややかに考えさえした。そして、もう一度正面玄関まで行き、広場のほうへ目をやった。

そこへホテルの支配人リヨン氏が姿を見せた。

「何かございましたですか。マドモワゼル？」といつも客に見せるいんぎんな態度でたずねた。

ダイアンは言いわけをするように身振りをして言った。

「いいえ——なんでもないんです。ムッシュー・リヨン。ひとを待ってるんですの、それだけですわ」

「おお、そうでしたか」と支配人はよくわかったというような目つきをした。「お若い男性ですな」そう言って微笑を浮かべた。「コーヒーでもいかがです、マドモワゼル？　モーリスにすぐに用意させますが……」

「ほんとう？　それはすばらしいですわ！」彼女は興奮していた。気を静めるものが必要だった。

「かしこまりました《メ・セル・テーヌ・マン》、マドモワゼル」とリヨン氏はほほえんだ。「すぐにお持ちします」

「ありがとう」ダイアンも笑みを浮かべ、支配人は急ぎ足で立ち去った。
二、三分後に支配人は盆をささげて現れ、ラウンジを指さした。ラウンジの椅子に腰を下ろすと前の低いテーブルに盆を置いた。
「お待たせしました《ヴォワラ》、マドモワゼル！」彼は適当に自分を楽しんでいるかのように見えた。

ダイアンが礼を言うと支配人は仕事に戻っていった。自分でカップにコーヒーをついで、飲もうとしたとき、ドアのところにだれかがものうげに立ってこちらを見ているのに気がついた。

はっとして見上げると、マノエルの灰色の目と目が合った。胸を高鳴らせて、彼女はカップを受皿に戻した。

「どうだい？」とラウンジの中に入りながら彼は言った。「用意はいいかい？」

ダイアンは息をのんだ。「もう十一時になるわ」

マノエルは肩をすくめた。「それがどうかしたかい？」

ダイアンは一瞬怒りになにもかも忘れて、激しく言った。「九時からあなたを待っているのよ！　けさ農園に連れていくって言ったでしょう、あなた」

「そうしますよ」相手を怒り狂わせるほど平然としていた。

「でも――でも、もうお昼の時間よ」

「そうか、うちで昼めしを食うことにしよう」

「ああ、マノエル！」唇がわななき、歯で噛むようにして抑えねばならなかった。「それだけはいやよ」

マノエルの表情がこわばった。「着替えてきたほうがいいと思うがね、マドモワゼル」と相手の言葉には耳を貸さず言い放った。「これからしようってことにドレスはむかないな。スラックスかなにかはいてきたまえ！」

ダイアンはすなおに立ち止まりながら、きょうの彼は魅力的だわと思った。太腿のたくましい筋肉にまるで皮膚のようにぴったりフィットしたグレーのスエードのズボン、黒い縁どりのあるグレーのスエードのチョッキ、それに赤いシルクのシャツといった装いで、どこから見てもフランスの貴族さながらだった。目鼻だちのくっきりした顔には傲慢さが、一語一語はっきり発言するもの言いには尊大さが漂っていた。上品な仕立てのスーツを着たアンリは決してこんな態度は見せなかった。ダイアンはマノエルの個性の迫力に圧倒され、抵抗しえなかった。

それ以上ひと言も口にせずに彼女はラウンジを出て、階段を駆けのぼり部屋に向かった。ブルーのドレスをむしりとるように脱ぎ、ぴったりしたクリーム色のスラックスをはき、紫色のトライセルジャージーのブラウスを着た。胸のボタンを二つ外したまま、髪に手をやり、シニヨンが崩れていないのを確かめてから、ふたたび走ってラウンジへ戻った。

マノエルは二杯目のコーヒーをカップについでいるところで、支配人のリヨン氏がその彼にうやうやしく語りかけていた。ダイアンは憤りを抑えた。着替えをしろと命令しておいて、自分は平気で座りこみ、ひとのコーヒーを飲んでいるなんて許せないと思った。

ラウンジに入っていくと、太った小男の支配人がいんぎんに振り返って言った。「サン＝サルヴァドールさまはきょうあなたをマナードにお連れするとおっしゃっておいでですよ、マドモワゼル。きっと、わくわくするようなご体験をなさいますよ」

「そう」とダイアンは頼りなく答えた。

彼女が入ってきたときにマノエルは立ち上がって、ものうげに見つめていたが、やおらコーヒーを飲みほすとカップを受皿に戻し、歩み寄った。「いいだろう」と満足げに言った。ダイアンは頬が赤くなるのを覚えた。マノエルが支配人に別れを告げると、ふたりは外に出た。

肩にあたる日ざしが暑かった。よく晴れた日で、こんな場合でなかったらすばらしい戸外の一日になっただろう。だがいま、彼女は神経がはりつめていて、リラックスできなかった。

二頭の馬がホテルの柵につながれており、ステーションワゴンは影もなかった。ダイアンはいぶかしそうにマノエルを振り返った。彼はゆっくりうなずいた。

「がっかりしたかい?」と気にするふうもなくたずねた。「ステーションワゴンに乗ると思ってたのか?」

「そうよ」とダイアンは不機嫌そうに叫んだ。「何年も馬に乗ったことがないのよ!」

「正確に言えば三年か」とマノエルはわざと言った。ダイアンはそっぽを向いた。

二頭の馬は似ていなかった。一頭はおとなしそうに見える。小柄でずんぐりしたカマルグ産の白い雌馬だった。もう一頭も雌だったが、獰猛そうな黒馬である。マノエルが乗るのにふさわしい乗用馬にちがいないとダイアンは思った。三年前、彼は黒い種馬を持っていた。彼女の言葉にならぬ質問に答えるかのようにマノエルは言った。

「こいつはコンシュエロ、カスパールが雄親だ」

ダイアンが何も言わないのをみて、マノエルは白い雌馬の手綱を解いた。

「これはメロディだ」そう言うと鼻面をたたいてやってから、ダイアンに手を借そうとした。

しかし、彼女はマノエルに触れたくなかったので鞍の前橋《ぜんきょう》に手をかけると助けをかりずにとび乗った。マノエルは能力を確かめるようにしばらくながめていたが、やがて例によって肩をすくめると黒い馬に乗り、たくみな手つきで手綱をさばいた。

ダイアンは彼の馬が歩みはじめるのを待っていた。手綱をゆるめられたコンシュエロが優雅に広場を横切っていくのを見て、ダイアンはメロディの腹をかかとで蹴り、続けと命じた。長いあいだ馬に乗っていなかったが、おとなしい雌馬は扱いやすく、それに少しずつ経験がよみがえってきた。彼女に乗馬を教えたのはマノエルで、その徹底した指導が頭に焼きついていたのだ。

二頭の馬は影になった並木道を人目につくこともなく進んでいった。もっともマノエルは何人かのひとにうなずいて見せたり、ときには声をかけたりしていた。ダイアンは一馬身ほど遅れてついていった。馬が広々とした郊外に出る前に、マノエルは鞍の上から顔だけ振り向いて、皮肉まじりに言った。

「どうだい《ビヤン》、むずかしいかい？」

ダイアンは首を振った。「むずかしくないわ、ぜんぜん」

「よし」と彼はからかうような目つきをした。「それじゃぼくと並んでいけるだろう。アラビアの王子さまじゃあるまいし、女たちは後からついてこいなんて命令はしないよ！」

ダイアンはメロディを駆って追いついた。マノエルはじれったそうにその姿を見て言った。

「少し歩調を早めようじゃないか？　それとも、無理かな？」

ダイアンは答えもせずにふたたび馬の腹を蹴り、駆け足を命じた。メロディはとび出した。このあたりから左側は湿地が広がり、はるかかなたには沼の水がきらきら輝いていた。風ははっきりと潮の香を運び、ダイアンは解放感を味わって心がはずんだ。背にあたる陽光は暖かく、きらめく青い沼にはあらゆる種類の鳥たちが群がり、泳いだりもぐったり、それぞれの鳴き声を聞かせたりしていた。メロディの小づくりながらがっしりした体は股のあいだでリズミカルに動き、ダイアンは勇気が湧いてくるような気がした。その一帯はまさに自然が支配していた。馬の足を吸いこむようなひどいぬかるみもそのひとつのあらわれだった。かずかずの思い出がまるで波のように彼女を浸しはじめた。マノエルとともに馬を駆るのははじめてではなかったが、前にここに来たとき、ふたりの関係は自然の支配下にあった。あらゆる生物を異性へと駆り立て、その結合によって真の完成を果たさせる原始の力に支配されていた。

マノエルを振り返ってみた。おだやかにトロットでコンシュエロを駆ってついてきていたが、ダイアンの顔を見ると、わざと黒馬を煽り立て、ギャロップでダイアンを追い抜き、沼地を横切ってかなたに見える潟に向かった。

ダイアンは一瞬ためらったが、すぐにメロディの手綱をゆるめた。小柄な雌馬は喜び勇んでたくましい従姉の後を追った。見渡すかぎり人の気配のまったくない果てしない空間を疾駆するのはすばらしい体験だった。かなり離れて一群の黒い畜牛たちがいたが、こちらを見ようともしなかった。塩気を含んだ水がすねや股にはねかかった。ブーツをはいてきてよかったとダイアンは思った。

深い潟に来ると、馬は速度をゆるめ、完全に乗り手のことなど考えずに深みを踏みわたる。そんなときダイアンはどうしても足を上げたくなるが、マノエルが足を上げないのを見て、それにならった。バランスを崩して、潟に落ちるのはまっぴらだ。

それでも透きとおるように青い水と底に見える砂はひどく心をそそった。泳げたらいいだろうな、と彼女は思っていた。ふたりは、おとといダイアンがシトロエンを走らせた道路から離れて、沼地を横切って一直線にサン＝サルヴァドール農園に向かっているのであった。この道のほうがずっとすてきだわとダイアンは思った。ここには干拓のあとも見えないし、稲田もなく、観光客もいない。まったく人手に汚されず美しさを保っている。ここはいま、ダイアンにとって地上でもっとも美しいところだった。

マノエルは馬の速度をゆるめると振り返り、ダイアンの喜びに輝く顔をながめながら、横まで来るのを待って口を開いた。

「まだがっかりしているかい？」と身をかがめてダイアンのあぶみを調整しながらたずねた。

ダイアンは喜びを抑えられずにうなずいた。しばらくその姿をさぐるようにながめてから、マノエルは身を起こしてポケットをさぐり両切葉巻をとり出した。火をつけながら言った。

「疲れはしないだろうね？」水面に映る陽光にまぶしそうに目を細めてから、ふたたび彼女のほうに目を向けた。白い雌馬の広い背にまたがったダイアンのすらりとした脚にちらっと目を走らせてたずねた。「乗りにくくないかい？」

ダイアンは首を横に振った。「あしたになったらそこらじゅうが痛いと思うけど、でも……」それから深く息を吸いこんで、ため息のように吐き出して、つづけた。「なにもかも美しいわ。わたしを除いて」

マノエルは葉巻をうまそうに吸っていた。頭上にうすい青い煙が漂った。やがて突っかかるように鋭くたずねた。

「なぜあんなことをしたんだ、ダイアン？」

ダイアンは息をのんだ。「わたし――わたしが何をしたですって?」

「なぜぼくに別れも言わずに行ってしまったんだ?　別れを告げるにも価しない男だと思ってるのか?」

その目は冷たくダイアンを見つめていた。射るような目にさらされて、彼女は激怒した。せっかくカマルグにやってきて安らいだ気分になれていたのに、それをマノエルは荒々しいひと言でめちゃくちゃにしてしまった。

とっさに答える言葉につまったが、すぐに手厳しい口調で言った。「あなたのお母さまにすべてをお聞きになったんでしょう」

マノエルは叫んだ。「おふくろの話をしてるんじゃない!　きみの話をしてるんだ!　なぜぼくをばかもの扱いする道を選んだのか知りたいんだ!　どこが間違ってたのか、あの前夜、ふたりのあいだにあれだけのことがありながら、なぜきみは――」

「ああ、やめて、やめてちょうだい!」ダイアンは相手の憤激した叫びを聞くまいと両手で耳をふさいだ。「過ぎてしまったことを詮索してどうなるっていうの?　あなたはあなたの道を選んだし、わたしはわたしの道を選んだ、それだけのことなんだわ!」

「いや、ちきしょう、それはちがう!」マノエルは走り出そうとした彼女の馬のくつわをつかんだ。「過ぎたことはたしかにとり返しがつかない、それは認めよう。でも、なぜきみはあの儀式を受けたんだ。それが何を意味するか知っていたのに……」

ダイアンはつかまれているくつわをもぎとろうとした。マノエルの指をひきはがそうと夢中になったが逆にその手をつかまれてしまった。熱い肌に触れる男の手の冷たさが力そのものとして彼女にせまり、この太陽と水と空の世界にふたりを溶かしこむ激しい炎として燃え上がった。

「ダイアン!」

切迫したその声音にひどく心をかき乱されたダイアンを、まるで心の底まで見すかそうとするようにマノエルは凝視した。ダイアンは息がつけなかった。ずるいと思った。否定しがたい官能の力を利用して真実を洩らさざるをえないような気持を起こさせるなんてずるい。こんなふうに扱われるいわれはない。

超人的な努力で、彼女は男の手を振り払い、メロディの横腹に両膝を強く押しつけた。小柄な馬はさっと走り出した。深い潟から抜け出し、湿地にひづめがかかるやいなや、メロディは全速力で駆った。ダイアンは夢中でたてがみにしがみついた。

怒ったようにマノエルが名を呼ぶのが聞こえた。それも一瞬で、メロディの背中から振り落とされまいと懸命になったダイアンの耳にはもう何も入らなくなった。その馬体からは考えられないほどのスピードでメロディは疾走した。ここは彼女の土地、彼女の国だった。慣れきった場所だった。もうメロディはダイアンがいくら手綱をしめても反応しようとはしなかった。

ほんとうの恐怖が湧き上がってくる前に、黒い雌馬が横に姿を現し、マノエルの手が伸びてがっしりと彼女の手綱をつかんだ。その力に抑えられてメロディは少しずつ速度を落とし、マノエルはとうとう二頭の馬を停止させた。そのときになってはじめてダイアンは震え出した。それは疾走する馬の恐怖からよりも、ぎらぎら光るマノエルの目を見たせいかもしれない。

彼はさっと鞍からおりた。ダイアンは自分も引きずりおろされるのではないかと思った。しかし、彼は汗をかいている馬のほうを向いて、やさしい言葉をかけながら鼻面をなでた。やがてメロディは落ち着きをとり戻し、彼の手に鼻をこすりつけはじめた。

ダイアンはその姿をいらいらしながら見ていたが、鞍からほうり出される瀬戸ぎわだったと気づいて、背筋を冷たい戦慄が走り抜けるのを覚えた。不注意で愚かしい振舞いだった。そんなふうに灰色の目の底に軽蔑をたたえて見ていないで何か言ってほしいとダイアンは思った。叱責よりもひどいその態度に無性に腹が立ったのだ。もともと彼のせいではないか。あんな勝手な行動に彼女を駆り立てたのはマノエルではないか。

そのときマノエルは白い馬から離れてコンシュエロの横腹をなで、鞍にとび乗った。それからダイアンに目を向けた。「もしその馬をかたわにしたら……」と言いかけてあとは飲みこんだ。

ダイアンはぎゅっと手綱を握りしめた。「そうしたら、どうするっていうの?」

マノエルは口を歪めた。「わかってるだろう」

ダイアンは怒りで身を震わせた。「あなたは全能のつもりなのね？」と滑稽なまでに子供っぽく言い放った。

マノエルは肩をすくめ、活力あふれる濃い髪に手をやり、うなじまでなでおろした。「わざと怒らそうとしたってだめさ、ダイアン」と寛大そうに言ってのけた。間違っているのはそっちだと言わんばかりの口調に彼女はなおさら腹が立った。

彼はコンシュエロの手綱を握り、黒い雌馬はおとなしく向きをかえた。しかし、ダイアンはメロディを歩かせようともしなかった。それどころかじっと座ったまま反抗するように宙をにらんでいた。

「手綱を引いてもらいたいのか？」と冷ややかな嘲りをこめて黒い眉を吊り上げながら彼はたずねた。

ダイアンは手をおろして、メロディの首のあたりを軽くたたいた。馬は落ち着きをとり戻していたが、彼女の手が触れるとびくっとした。ダイアンは馬に無言の非難を浴びせられたような気がした。グリーンの目を挑むように上げて、彼女は言った。「そんな必要はないわ」

マノエルは肩をすくめ、馬の横腹をひと蹴りした。コンシュエロは歩き出した。ダイアンはずっとゆっくりと従った。葦の密生した水たまりを渡っていると、野生のまん、ね、ん、ろう、のしげみに気づいた。その甘い香りが杜松のもっときつい香りと混ざって漂っていた。そこではあらゆるものが野性の美しさにあふれていたが、もうダイアンは景色のことだけを考えていられなくなっていた。わずか数分のあいだに彼女の心の安らぎはすっかり消しとんで、数ヤード先を行く男を意識せざるをえなくなっていた。黒い馬にまたがった力強く尊大な男はもはや若くはなく、生きる喜びに燃えてもいなかったが、そのかわり厳しく体験を積んだ男としてあたりを睥睨《へいげい》していた。

ふたりはしばらくのあいだ、黙って馬を駆った。ダイアンは話したくなかったのでわざとマノエルの馬の後に従っていた。ときどきマノエルは後ろに目を走らせるが、彼女は目をそらした。彼が何を考えているのかわからなかった。いま、太陽は中天に達し、ひどく暑くなりはじめた。早く着かないかとダイアンが思いはじめたちょうどそのとき、はるかかなたに小さなカバーヌの傾斜した屋根が見えてきた。

カバーヌとは農園で働く家畜番人の家のことである。かつては葦やいぐさでできたひと部屋きりの小屋だったが、現在、こうした住居ははるかにりっぱなものになっている。しかし、いま見えてきたカバーヌは、かやぶきの屋根が片流れに傾斜して広い軒となって張り出した古いタイプのものだった。近づくにつれて、人けのないのがわかった。なぜマノエルはまっすぐにそこへ向かっていくのだろうと彼女はいぶかしく思った。そこまで来カバーヌの前は空地になっていて、よく肥えた土が平らにならされていた。

るとマノエルは馬をおり、コンシュエロの首すじをたたいてからけだるそうに伸びをした。それから近づいてくるダイアンのほうを向いて言った。

「おりたまえ！　喉がかわいた。ひと休みしよう」

ダイアンが鞍に座ったままなのを見ると、横柄に腰に両手をあてて不愉快そうに言った。

「引きずりおろしてもらいたいのか。それとも言われたとおりにするかい？」

ダイアンはきっとして答えた。「ここは農園じゃないわ。農園に連れてくんだと言ったじゃないの！」

マノエルはいらいらしたしぐさをした。「農園へ行くつもりさ、あとでね。いまは腹がへった、そうだろう、きみも？」

ダイアンはおののくように人けのないカバーヌに目をやった。「こ、こんなところに食べ物があって？」と奇妙に胸が高鳴るのを覚えながら、言い張った。

マノエルはメロディの引き具に手をかけ、鋭い目でダイアンを見て、喉にひっかかるような声で言った。

「いいかげんにしてくれ、きみに言い寄ろうなんて思っちゃいないよ！　きみと寝ようと思ってここへ連れてきたわけじゃないぞ！」彼の目が曇った。「さあ、おりてくれ、食事にしよう」

彼は不意に馬の手綱をはなして、顔をそむけた。ダイアンは震える足でおり立った。二頭の馬は仲よく並んで豊かに生い茂った草をはんでいる。ダイアンはマノエルのほうを向いた。

彼はカバーヌに向かって歩き、扉を開いて中に姿を消した。きゃしゃな肩を力なくすくめて、ダイアンは草を踏んで扉のところまで来ると、おずおずと中をのぞいた。明るい戸外からカバーヌの内部を見ると真っ暗だったが、やがて目が慣れてくると、みすぼらしいテーブルについて太いフランスパンを切っているマノエルの姿が見えてきた。そのカバーヌは使われていなかったが、ちりひとつなく、こんなふうにときどきだれかが使うのだと彼女は考えた。

マノエルが目を上げて見ていたので、彼女は身を守るように戸柱にもたれた。彼の目には耐えられぬほどの嘲りが浮かんでいた。ナイフを握ったマノエルの指の長いごつごつした手は真っ黒に日焼けしていた。ダイアンは不意に何かにとりつかれたように、その日焼けした手にふたたび抱きしめられたいと思った。かつてはいつでも彼に触れることができたし、しばしばそうしてきた。そのとき、彼はまるで失うのを恐れているかのように激しい力で抱きしめてくれた。いかに彼女を必要としているかはっきりと知らせてくれた。

パンのほかに、チーズとバター、それにワインがひとびんあった。マノエルは入ってきてすきに食べるよう指図した。プラスチックのコップが二つあったがそのひとつにワインを注ぎ、ダイアンは一気に飲みほしてから、こんなことをするのは利口ではないと気づいた。コップを口にあてたまま、カバーヌの内部を見まわした。空の火床の側に黒ずんだフライパンが立てかけてあり、奥には狭苦しい寝床があった。スプリング入りのマットレスはなく、ハードボードの上に藁蒲団が置かれているだけだ。ひと部屋きりの小屋で、ダイアンはこんなカバーヌでいまでも暮らし、子供を育てている人たちがいるのだと思うと驚きを抑えられなかった。

マノエルはパンを切りおえて、ナイフを脇に置くとワインに手を伸ばした。ダイアンのように一気に飲みほしてから、手の甲で口をぬぐい、それから窓のほうに顎をしゃくって、小屋の裏側にある井戸を示した。

「水はきれいだ」とぶっきらぼうに言った。「ちょっと塩気はあるが、冷たいから顔を洗うんだったらどうぞ」彼はワインをまたついでつづけた。「胃炎になりたくなかったら飲まないほうがいいが、それもきみの気持次第だな」皮肉な口調に、ダイアンは思わず手を握りしめた。わざといやがらせを言っているのだ。

相手を無視して、おいしそうなフランスパンにバターを塗りつけ、チーズを切りとった。ほんとうは胸がいっぱいであまり食べる気になれなかったのだが、そんなことをマノエルに気づかれたくなかった。マノエルはしばらく彼女を見ていたが、広い肩をすくめてから外へ出ていった。

ひとりになったダイアンはだらしなく足をぶらぶらさせながら、テーブルのはしに置かれたワインをコップに注ぎ、ぼそぼそするパンをワインの助けをかりて飲みこんだ。マノエルはどこへ行ってしまったのかしら。ワインが効いてきて、はっきりと酔いが感じられはじめた。外へ出たほうがいいと思い、立ち上がり、カバーヌの戸口まで来ると入ってくるマノエルにぶつかりそうになった。マノエルはいんぎんに脇に寄り、彼女を通した。

外に出ると慎重に小屋の裏側へまわり、水の汲みこまれた桶を見つけ、よく顔を洗った。ハンカチで軽くたたくように顔を拭きながら、これだけでも持っていてよかったと思った。こんな場合だからだれも化粧に注意なんかしないだろう。

顔を洗うとずっと気分がよくなった。それでも、ひどく暑かったので、ブラウスのボタンをもうひとつ外し、意識しないなまめかしいしぐさでほつれ毛をかき上げた。ふと気がつくと、マノエルがカバーヌから出てきていて、こちらを見つめて立っていた。反射的に手をおろしたダイアンはなげやりな様子で彼を見たが、その息ははずんでいた。

マノエルはそのままかなり長いあいだ立ち止まっていたが、やがてゆっくりと草を踏んで歩み寄った。ダイアンは心の動揺を相手に見すかされまいとして、昂然と顔を上げていた。マノエルは冷たく目を細めた。

「なんでそんな似合わないまげなんか結ってるんだい?」とひどい聞き方をした。「いつも垂らしてたろう」

ダイアンは身を震わせて言った。「どんなヘヤスタイルをしていようと構わないじゃないの！」

マノエルは両手の親指をベルトに差しこんで、気楽そうに彼女の前に立ちはだかっていた。「へえ、そうなのか？　じゃ、そのスタイルが気に入ったと言ったらどうする？　やめるかい？」

ダイアンはブラウスのボタンをかけながら言った。

「おねがい、マノエル、またさっきみたいにつっかかってこないで！」

彼の表情がこわばった。「あの口げんかのことを言ってるのか？　つっかかる？　ぼくがか……」そう言って首を振った。

ダイアンはため息をついた。「こんな結い方をしているのは、三十五人の子供をあずかる教師としてもう少し老けて経験があるように見られる必要があるからよ」怒らせるよりも言いわけをしたほうがいいと思って言った。

「ここは教室じゃないんだよ、ダイアン」のぞきこむように彼女の目を見つめていたマノエルの目が、ブラウスの胸のあたりに落ちた。

ダイアンはそんな敵意を含んだ言葉に耐えられなくなって後ろを向いた。「おねがい」とふたたび彼女は言った。「もう行きましょう」そのとき、彼女は背後にいる男をはっきり意識していた。その手が自分に触れたら、ひどくとり乱してしまうだろうといやになるほどはっきりわかっていた。

しかし、マノエルはからかうのにあきたらしく、立ち去る足音と、それから馬に口笛をふくのが聞こえた。とたんに彼女は全身の力が抜けるのを覚えた。マノエルとのあいだの感情のもつれが暗礁に乗り上げるたびに、いつでもこんな奇妙な気落ちを感じるのだ。汗にしめった掌を力なくスラックスにこすりつけながら、いったい彼はどうしてもらいたいのだろうと思った。彼がそばにいても心が乱れることはないといっては嘘になる。三年前マノエルに対して抱いていた気持はいまでも変わらず激しく一途である。いや永久に変わりはしないだろう。そんなことはイギリスを離れるはるか以前から気づいていた。だから、ここへ来るのに気が進まなかったのだ。マノエルの存在が自分の神経に及ぼす圧倒的な影響に直面して、こうした感情を抑える力をためすようなことはいやだったのだ。

それでも、マノエルは幸せな結婚をし、おそらく子供だっているだろうと思えば気が楽だった。それなら肉体的な欲望は完全におさまっているだろうから。だが、マノエルは、形式上だけかもしれないが、とにかく結婚していなかったし、前のような単純な人間ではなくなっている。もっとたくましく、経験を積んで、何事もうわべだけでとらえようとせず、あらゆる点でずっと魅力的になっている。いまでも、あのときとまったく同じに、わたしは彼が必要なのだ……。

マノエルは鞍に座って、いらいらしながら待っていた。ダイアンは足をひきずるように馬に歩み寄った。こんどはなかなかメロディに乗れなかった。つらい騎行のあと休憩したので筋肉がこわばって、うまく鞍にまたがれなかった。しかたなくおかしな格好でよじ登り、疲れきったように肩をまるめた。

マノエルはコンシュエロの手綱をひと振りした。大きな雌馬は彼女のほうへ優雅な歩をはこぶ。「大丈夫かい？」と彼がたずねた。その目からは詰問するような様子は消え、顔には心からの気づかいが浮かんでいた。

ダイアンはしかたなく目を上げた。「もちろんよ」と言い返した。「どうしてそんなことをきくの？」

マノエルは唇を歪めた。「逆らうのはやめろよ、ダイアン」と静かに言った。「少なくとも農園では文化人らしく振る舞ってくれよ」

ダイアンは腹立たしげに相手を見すえた。「それはどういう意味よ？」

マノエルはちらっとその顔を見た。「おふくろとイヴォンヌはぼくたちを、お互いの反応を興味深げに見守ることになるだろう。ふたりの思惑に餌を与えるつもりはないんだ！」

ダイアンは口がからからになった気がした。「だから、わたしを連れていかなかったらいいのよ！」と言い返した。

マノエルは目を細めた。「ぼくの計画にとやかく文句をつけるのはやめてくれ。きみに約束したことを覚えているだろう！」

彼が手首を動かすと、黒い馬は離れていった。ダイアンはあきらめて後につづいた。あたりには沼地は少なくなった。農園に近づいているのだ。はるかかなたに防風林が見えてきた。その前には牧場と倉庫が見える。番人たちの一隊に追われて他の牧草地へ移る畜牛の群れが姿を見せた。大部分が若い雄牛だった。番人たちは《旦那》を認めるとうやうやしく帽子を上げて挨拶をおくり、ダイアンには明らさまに好奇の目を向けた。群れを外れて何頭かの牛がこちらに向かってくるのを見てダイアンはぞっとした。マノエルが番人たちのほうへいっているあいだに、巨大な牛が威嚇するように角を下げるのを見てダイアンは心臓がとまりそうになった。

何分かたって、マノエルが戻ってくると、ダイアンは目をそらそうとした。おびえていたのを気どられたくなかったのだ。カマルグをふたたび後にするとき、きっといままでとは異なる悲しみを抱いているだろう。ジョナサンですらその悲しみを完全にまぎらしてはくれないだろうと彼女は思っていた。

5

牧場と小さく粗末な闘牛場のあいだにサン＝サルヴァドール農園が見えてきた。かつてその闘牛場で雄牛と闘うマノエルを見たことがあった。道端のプラタナスは大きな葉をひろげて、午後の焼けるような日ざしをさえぎる影を並木道に落としている。家に近づくにつれ、タマリスクや糸杉が目につくようになる。農園の周囲は地味豊かなので、マダム・サン＝サルヴァドールは家の近くに小さな菜園をつくり、野菜や草花を植えていた。ダイアンはよく覚えているが、マダム・サン＝サルヴァドールは野良仕事に熱心だった。しかし、ダイアンはマノエルの母親を思い出すといつも苦々しさを味わうのだった。

家の前庭でふたりが馬からおりたとき、あたりにはだれもいないようだった。興味深げにダイアンは周囲に目をやった。農園の建物はカマルグ独特のものでずんぐりした平屋であるが、ひときわ大きく、そのだだっ広さは長年にわたって建て増しされてきたせいである。窓は高く狭い。よろい戸はいまは開けられて壁に打ちつけられてあるが、冬になってミストラルが谷に吹きすさぶころにはぴったりと閉ざされる。

庭のはずれの水槽に馬を引いてゆき、ゆっくりと大股で戻ってくるマノエルを、ダイアンはじっと見ていた。彼はそばまで来て立ち止まると、射るようにダイアンを見すえた。

「どうだい？」と彼は言った。「前のままかい？」

ダイアンはうまく言えずに黙ってうなずいた。

マノエルは彼女の肱に手をかけ、低い階段を昇り、縦に家を貫いている狭い廊下に導いた。この家でマノエルに触れられるのはいやだったので、ダイアンはすばやく身を離した。マノエルの灰色の目に皮肉な光が浮かんだ。

日の当たる戸外から急に暗い廊下に入ったので、目が慣れるのにしばらくかかった。家の内はひんやりしていた。それから、マノエルは左側のドアを開け、大して優しくもなく彼女を大きなキッチンに押し入れた。暑い日なのに、大きな暖炉では火が燃えていた。ダイアンの目はまずそれにひきつけられた。が、すぐにだれかがいるのに気づいた。五十も半ばを過ぎた女が、十五歳ぐらいの少女の手をかりてハムの骨を抜こうとしていた。マノエルのように、覚えていたよりも老けて見えたが、すぐにそれがマダム・サン＝サルヴァドールだとわかった。

彼女の目はいやおうなしに息子に押されて入ってきたダイアンに吸い寄せられた。激しいいら立ちをこめてマダム・サン＝サルヴァドールは言った。

「あの女を連れてきたんだね、とうとう？」

英語で話すのを聞いて、ダイアンは息子とのあいだの会話を逐一自分にわからせたいためなのだとさとった。

マノエルは無関心な態度を示して、「ああ、そうだよ」とそっけなく答えた。

マダム・サン＝サルヴァドールは濡れた布巾で手を拭きながら、まだそばにいる少女に何か言い、乱暴に追い払った。それから油断ない目をしてダイアンに近づいた。

「なぜここへ来たんだい？」とダイアンを驚かすように、いきなりたずねた。マノエルは押しとどめるように手を伸ばした。

「どうしてここへ来たか知ってるじゃないか、ママ」と彼はきめつけるように言った。

母親は軽蔑するように息子を見た。「ああ、なぜここに来たか知ってるさ、この農園に来たかはね！　わたしが知りたいのはなぜカマルグにまたやってきたかってことさ！　あんたの女だったからって、どうしてなにか権利があるみたいな顔をしてるかってことが……」

「黙ってろ！《ソワ・シランシユウズ》」とマノエルは荒々しく、しかしはっきりとした口調で叫んだ。母親は口をつぐんだが、腹立たしそうににらみつけた。「イヴォンヌはどこだ？」と彼はあたりを見まわした。「まだいるんだろう？」

母親は答えるつもりはない様子だったが、マノエルの目を見ると考えを変えた。「もちろんいるさ」と反抗的につぶやいた。「お昼のあとはいつもいるのは知ってるだろ。お前たちが来るのが思ったより遅かったものだから」

マノエルはそんな言葉は無視してドアのほうへ歩き出した。「じゃ、おれたちはジェンマに会いにいくよ」とダイアンの蒼ざめた顔をちらっと見ながら言った。

マダム・サン＝サルヴァドールは骨ばった肩をすくめた。相変わらずやせている、というよりほとんどやせ衰えて見えるその姿は、灰色の髪のせいで一種の不気味さを感じさせた。「すきなようにおし」と彼女はつぶやいた。

ダイアンはかたずをのんだ。マノエルの母親は少しも変わっていない。前と同じようにいまでもわたしを嫌っている。だが、きょうはとくに耐えられなかった。すでに神経は緊張しきっていて、この家にいるかぎり、ますます気分が悪くなっていくような気がしていた。彼女はマノエルのほうを、どう感じているのかしらと思いながら目を向けた。しかし、顎の上の筋肉をひきつらせているのを除いて、彼はまったくこの場のはりつめた空気を気にしていないようだった。

「おいで！」と彼はダイアンに呼びかけた。それを聞くと彼女ははじかれたようにドアに向かった。マダム・サン＝サルヴァドールのそばを離れるのがうれしかった。

狭い廊下へ出るとマノエルはずっと奥のドアに向かったが、ダイアンはその袖を衝動的につかんだ。「おねがい、マノエル」と彼女は哀願した。「おねがい、もうやめましょう！」

マノエルは立ち止まった。「どうして？　おふくろに何を期待していたんだ？　上機嫌で歓迎してくれるとでも思ってたのかい？」

　ダイアンは目を落として「いいえ！　とんでもない」と言ってから、目を上げた。「お母さまがわたしを嫌ってるのがわからないの？　ここではみんながわたしを嫌ってるんだわ！」

　そうしてくれると思ったのに、マノエルは彼女が震え声で言った言葉を否定しなかった。わたしが嫌いなら、お金をくれたりしないはずだと思っていた。それとも、こんな屈辱の苦しみを味わわせるために、金を払おうと思っているのだろうか。

　ダイアンをそのままにして、彼は軽くそのドアをノックした。かすかな声が答えた。

「お入り《アントレ》」

　マノエルはドアを開け、一歩中へ入った。その顔にはさっきとはまったくちがった表情が浮かんでいた。ダイアンの耳に、弱々しくなっているが聞き覚えのある声が聞こえた。

「ああ、マノエル、おまえかい《セ・トワ》！　ダイアンを連れてきたんだね？《テュ・ア・アポルテ・ディオース》」

　マノエルはうなずくと、戸口の低い梁の下から頭をつき出して言った。「ここにいるよ《エ・レ・ラ》、さあ、ダイアン」

　ダイアンはおずおずと薄暗い部屋に入っていった。大きな部屋で、板壁にはカマルグを描いた印象派風の絵が数枚かけられていた。かつてジェンマが大いに援助したジプシーの画家デメートルの作品である。磨き上げられた板敷の床には毛皮が敷かれ、家具も扱いにくいほど大きいもので、大部分はとても古びていた。部屋の左側の大部分はこれも大きな四柱式寝台が占めており、その中央に積まれた枕にもたれて、黒い髪の小柄な老婦人がこちらを見ていた。その目にはまだダイアンが覚えているとおりの輝きと鋭さが残っていた。それがジプシーの血をひくマノエルの祖母、ジェンマだった。マノエルはその漆黒の髪や射るような目の輝きだけではなく、性格的にも多くのものをこの祖母から受け継いでいた。サン＝サルヴァドール家の人々のうちで、ジェンマがもっとも変わり方が少ないことにダイアンは気づき、どうして箱馬車を離れて軽蔑している農園へ戻る気になったのかしらと首をかしげた。

ダイアンはドアのあたりに立ちすくんでいたが、老婦人は鳥のように輝く目をじれったそうにそちらに向けていた。ベッドのそばにくるようにその目が命じたので、ダイアンはおずおずと歩み寄った。

「こんにちは、ジェンマ」と彼女は頼りなく言った。「ご機嫌はいかが？」

二、三分のあいだ、老婦人に黙って顔を見つめられ、ダイアンはいたたまれなくなってもじもじしだした。やがてジェンマは満足げにうなずいて孫のほうを向いた。

「結構《ビヤン》」と彼女は言った。「礼を言うよ、マノエル。ちょっとふたりだけにしておいておくれ」

「ああ、でも――」ダイアンは言いかけたが、マノエルは何も言うなと目顔で知らせると、しなやかな身のこなしで部屋を横切り、祖母に親しげに別れを告げると出ていってしまった。

ダイアンはマノエルが閉じた重い扉を見つめ、手を組み合わせ痛いほど握りしめた。それからベッドの中央に女王然と座っている負けん気の強い小柄な老婦人のほうを振り返った。王家の血をひいているという話をかつて聞かされたことがあったが、こうしてジェンマを見ているとさもありなんと思われた。

ジェンマはじれったそうにダイアンを見つめていたが、やがて口を開いた。「どこかにお座り。ここがいい――ベッドだよ――そばに来て、さあ……」ジェンマは指を一本たてて、ダイアンの蒼ざめた頬を軽くつついた。「戻ってきたんだねえ」

ダイアンは気づかれぬように肩をすくめた。「ほんのしばらく前からよ」

「マノエルに会いにかい？」

「ええ」とダイアンは上掛けの木の葉の模様を見つめながら言った。

「なぜ？」ジェンマもマノエルと同じだった。鋭く急所を突いてくる。マノエルの母親もそうだったが、ただどこかちがっていた。

「お金が要るの」とダイアンは隠さずに答えた。ジェンマに嘘をついてもむだだ。遅かれ早かれ真実を見抜かれてしまう。ダイアンはほかの、もっと立ち入ったことをたずねられたとき、はたして隠し通せるだろうかと恐れた。

「そうかい」とジェンマは枕にもたれると、考え深げに目を細めた。「で、なぜマノエルのとこへ来たんだい？　あんなことがあったあとなのに、きっとマノエルしか頼れるひとはないと思ったんだね、あんた？」

ダイアンは深いため息をついた。「だれにも頼めなかったの」

「マノエルに頼むのは正しいと思ってるんだね？」

ダイアンは肩をすくめた。「わからないわ」

「なぜ金が要るんだい？　なにかもめごとかい？」

「いいえ、そうじゃない、正確にはもめごとじゃないわ」ダイアンは相手のしわだらけの顔を力なく見つめた。「ねえ、ジェンマ、これはわたしとマノエルのあいだのことなの――ほかのひとはわからない――ごめんなさい、でもそうであるべきなの。あのひとがわたしをここへ――あなたのところへ連れてきて――」

ジェンマは激しくその言葉をさえぎった。その目は火のように燃えていた。「あんたを連れてきてほしいとわたしが言ったんだ」と尊大に言った。「アルルにあんたがいるとルイーズに聞いた――」

「ルイーズに聞いたですって？」

「そうさ、マノエルじゃない……」とジェンマはじれたような身振りをした。「ルイーズさ、もっとも、マノエルのことはよくわかってるあんたのことだ、そうだろ！」

ダイアンの頬は真っ赤になった。さっとベッドから立ち上がるとはじかれたように部屋を横切って狭い窓のほうへ行った。「あなたは――あなたはなぜ農園に住むようになったの？　なぜ箱馬車を捨ててしまったの！」

ジェンマはしばらくダイアンを見ていたが、やがて激しい口調でしゃべり出した。

「倒れたんだよ――二、三カ月前にね。あの医者どもときたら――あいつらは死ぬのがこわくてしようがないんだ、だから、その恐怖をまぎらわすためにしつこく人の世話を焼きたがるんだ。その医者どもが言い張るんだよ、農園に連れていって看病しなきゃだめだってね！」彼女は小さなこぶしを握りしめてつづけた。「マノエルのためじゃなかったら、決してこんなとこに来るもんか。だから……」そう言うと手をひろげるしぐさをした。「ここにいるのさ――あの女と同じ屋根の下にね！」彼女はマノエルの母親である嫁が働いているキッチンをはっきりと指さした。

「わかったわ」ダイアンは振り返って窓がまちにもたれた。「もうだれかと一緒に暮らすべきよ――マノエルのお父さまも亡くなったことだし」

「アルベールかい？」とジェンマは孫とそっくりに唇を歪めた。「アルベールとは一度だって気が合ったことがなかったよ。それなのにあれの女房だった女が好きになれるわけがないだろう？　あの無口な冷たい女は、一生でたったひとつしか良いことはしなかったんだ!」

「それはなに?」と興味をもってダイアンはたずねた。

「マノエルを生んだことさ!」ジェンマは上掛けを握りしめた。「マノエル! あれがわたしの息子だったら、ほんとうの子供だったら! ああ、もちろん、マノエルのためだったら何でもするさ!」

ダイアンはますます顔を染めて、ぎこちなく下を向いた。こんなことを言っても芝居めいて聞こえないのはジェンマなればこそだった。それでも、ダイアンは感動を抑えきれず胸が熱くなってきたので、ドレッシングテーブルのところまで行き、柄《え》が真珠貝でできているヘヤブラシをもてあそんだ。

「ルイーズにイヴォンヌのこと聞いたわ」とジェンマに顔を見られないように後ろを向いたまま、ダイアンはつぶやいた。

「へえ?」とジェンマは興味ないといった口ぶりだった。

「そうよ」ダイアンは振り返ってドレッシングテーブルにもたれた。「おそろしいことだったわね!」

ジェンマは無関心に鼻をならした。「イヴォンヌにとってはそうさ」とそっけなく答えた。

ダイアンは首を振りながら言った。「いつもあんなに元気で、活気にあふれたひとだった。

たのに！　ひどいショックだったでしょうね！」

「そうだろうね」と疲れきったようにジェンマは枕にもたれた。

「でも、どうしてあんなことになったの？」とダイアンは言いつづけた。「ルイーズの話だと、あのひとが雄牛をいじめたからだって――つまり――マノエルとけんかして――」

ジェンマは目を閉じた。「そのとおりだと思うよ」とうんざりしたように言った。

「でも――でもなぜあんなことをしたんでしょうね？　きっとマノエルと――」

ジェンマは相変わらず目を閉じたまま顔を上げた。「急にひどく疲れちまったよ」と言った。「もう行っておくれ」

ダイアンはため息をつき、ヘヤブラシをもとに戻し、ドアのほうへ歩いた。ノブに手をかけたとき、ジェンマは目を開けた。ダイアンは疲れたというのは嘘で、疲れたふりをしていたのに気づいた。

「また会いたいね」とジェンマは鋭く言った。「いつ来るね？」

ダイアンはあえぐように答えた。「でも――でもイギリスに帰らなくちゃならないの！」

「なぜ、そんなに急ぐ用事でもあるのかい、イギリスに？　男かい？」

「ちがうわよ！」ダイアンは耳の後ろのほつれ毛をかき上げた。「仕事があるのよ――」

「ばかなことは言わないもんだ！　そんなことは口実だろう！　マノエルに手筈をつけさそう。出かける前にあの子をここへよこしておくれ」

ダイアンがしかたなくうなずくと、ジェンマは目を閉じたので、外へ出て静かにドアを閉めた。

廊下に出て彼女はちょっとためらったが、キッチンからマノエルらしい声が洩れているのに気づき、おずおずとドアを開けて、入っていった。

たしかにマノエルと母親はそこにいたが、ダイアンの目はタイル張りの床の中央にいる車椅子の人物に吸い寄せられた。誇らかに車椅子に座っている娘は、マノエルの母親がぜひとも息子の嫁にしたがっていたイヴォンヌ・ドマリだった。

あんな災難に遭ったにもかかわらず、驚いたことにイヴォンヌは少しも変わっていなかった。相変わらずきれいで、金茶色の髪はいまはポニーテールに結われていた。身体も前と同じように細目だった。瓜実顔で目の色はブルーともグレーともいえるだろう。いま、その目にはさっきのマダム・サン＝サルヴァドールのそれと同じ敵意が浮かんでいた。内心の興奮をあらわすように、膝かけの毛布のけばをいらいらとむしっている。

ダイアンはいまさらながらジェンマの気骨に舌をまいた。マノエルの母親もイヴォンヌも明らかにダイアンを迎えたくなかったろうが、ふたりの気持などあの貴族的な老婦人にはものの数ではなかったのだ。おそらくマノエル以外、だれひとりとしてジェンマの言葉に逆らえないにちがいない。

何秒かのあいだ、だれも口を開かなかったが、やがてマノエルが重苦しい沈黙を破って、からかうようにたずねた。

「御前を下がってよろしいと言われたんだね？」

ダイアンはうなずいた。「そんな言い方をすると思ったわ」彼女は唇を噛んで、イヴォンヌのほうを見た。「こんにちは、イヴォンヌ。事故のことはうかがったわ、お気の毒にね。でも、お元気そうだわ」

イヴォンヌは濃い眉を上げて、ちらっとマノエルの母親のほうを見た。「なぜお気の毒なんて言うの、マドモワゼル？」と冷ややかにたずねた。「わたしが障害者になったのを聞いて喜んだんでしょう！」

ダイアンはかっとした。「どんでもないわ！　そんなことを聞いて喜べるひとがいて？」それから皮肉まじりに言い足した。「でも、あなたの辛辣な舌が相変わらず元気なのを見てうれしいわ、イヴォンヌ！」

イヴォンヌは腹立たしげに口を開いた。「どうしてそんな口がきけるのよ！　ここに来て、そんなふうにわたしに話しかけるなんて、あなた……」

「後生だからやめてくれ《プール・ラムール・ド・ディユウ》！」とマノエルは天井を見上げて言った。「つまらない口げんかはもうたくさんだ！　たまらないよ、まったく！」彼はダイアンを見た。「座りたまえ！　おふくろがコーヒーをいれてくれた。飲んでから出かけよう、いいね？」

逆らえないと思ったのでおとなしくダイアンは暖炉のそばの木のスツールに腰を下ろし

た。戸外は暖かかったのに、キッチンはひどく涼しく、火がありがたかった。マダム・サン＝サルヴァドールはゆっくりとかまどのほうへ行くと、カップと受皿をとり出して、わざとがたがた音をさせて盆にのせた。イヴォンヌはマノエルの腕をつかみ、ダイアンにわからないように方言を使って話しかけていた。マノエルは尻の上のベルトに両手を気楽そうにつっこんで、イヴォンヌのほうに身をかがめその言葉にじっと耳を傾けていた。

ふたりの姿をながめながら、明らかに結婚するつもりなのに、なぜ式をのばしているのだろうとダイアンは思った。ルイーズの話によれば、イヴォンヌが奇禍に遭ったのは三年前だということだが、いまイヴォンヌの姿を見ていると、ふたりのあいだはなにも変わっていないようだ。

ダイアンの胸は痛んだ。イヴォンヌが回復するきざしはあるのだろうか？　ふたたび正常な生活が営めるようになるのだろうか？　正常な《結婚》生活が？　サン＝サルヴァドールの血を引くマノエルの息子を生めるだろうか？　ダイアンはため息をついた。ジョナサンのことをマノエルに告げるべきではないかと思い悩んだダイアンだったが、いまこの様子を見ているとそんな迷いは消えてしまった。イヴォンヌの状態はつねにあのふたりのあいだで問題となるだろうし、イヴォンヌに過去どれだけいやな思いをさせられているにせよ、ダイアンはイヴォンヌの将来に対する希望を打ちくだくわけにはいかなかった。

マダム・サン＝サルヴァドールは香り高いコーヒーを大きなカップについで運んできて

くれた。湯気の立つ濃いブラックコーヒーは緊張の連続だったダイアンにはことのほかおいしかった。マノエルは両切葉巻に火をつけ、イヴォンヌの車椅子を離れ、気になるようにダイアンをちらっと見た。ダイアンはジェンマの言葉を思い出した。

「お祖母さまがおっしゃってたわ、出かけるまえにあなたに来てほしいんですって」とぎこちなく言った。「忘れてましたわ」

マノエルはちょっとためらっていたが、大股でキッチンを出ていった。マダム・サン＝サルヴァドールとイヴォンヌのあいだにひとり残されて、ダイアンは落ち着かなくなった。マノエルの母親はイヴォンヌにコーヒーを手渡しながら、ダイアンのほうを見た。「いつ発つんだい？」とぶっきらぼうにたずねた。

「イギリスへいつ帰るかってことですか？」

「そうさ」

ダイアンはかわいた唇を舌でしめらせた。「わたし――はっきりしませんの。二、三日のうちだと思います」

イヴォンヌはダイアンの指輪をはめていない指に目をやり、それから自分の指を飾るすばらしく大きなダイヤモンドを見た。「あなた、結婚してないのね？　婚約してるの？」

ダイアンは首を振った。「いいえ」

マダム・サン＝サルヴァドールはダイアンに歩み寄った。「ここへ戻ってきて、またいざこざを起こそうってんじゃあるまいね、マドモワゼル？」と腹立たしげにたずねた。

ダイアンは面食らった。「いいえ、とんでもありませんわ」そして唇を噛んでからつづけた。「ここへ、この農園へ来たくはありませんでした！　これは——ジェンマの意志です、お気づきだと思いますが……」

「ジェンマだって！」とマノエルの母親は非難の叫びを上げた。「あの女は——マノエルと家族のあいだのいざこざの原因はいつだってあの女だ！　あの子の人生をだめにしようと大わらわなんだ！」

「ジェンマだって家族ですわ」とダイアンは静かに指摘した。

マダム・サン＝サルヴァドールは頭を昂然と上げた。「あの女は家族なんかじゃない！　こそどろや馬泥棒にしかむかないなまけもののジプシー女《ジターナ》なんだ！　自分自身の掟でわたしたちを支配できると思っている、他人のことなんか気にかけない、無責任な老いぼれなんだよ！」

彼女はこぶしを荒々しく振り上げて、言いつづけた。「だけど、あの女はもう年なんだ、聞いてるかい？　すぐに死んじまうのさ！　そうしたら、あの女から自由になれる——この家に不幸の幕をかぶせてるあのまじないや迷信、ばかばかしい信仰から解放されるんだ」

ダイアンはむかむかして顔をそむけた。「あのかたは年寄りよ、たしかに」と彼女ははっきり言った。「でも、無責任なんかじゃないわ！　ご存じでしょうけど、あのかたは部族の王女だったのよ。もしマノエルのお祖父さまがあのかたと恋におちて、ここで暮らすことにならなかったら、あのかたは部族の王に嫁いでいたんですわ」

「へえ、そうかい！《アロン・ドンク》」とマダム・サン＝サルヴァドールはせせら笑った。「そんなお伽噺をあんたに吹きこんでるのかい？　わたしの舅と結婚したけど、とっても家族を愛してたんで夫が死ぬとすぐ家族を捨てて、ジプシーの生活に戻ったってね！」

ダイアンは立ち上がった。「あなたにはわからないんです。あのかたは制約されるのが嫌いなんですわ！　家にいて、くる日もくる日も、くる年もくる年も、同じ景色を窓から見て暮らすのがいやだったんだわ！　それにご主人が亡くなられたとき、息子さんはすでに結婚していたわ、あなたと」

マダム・サン＝サルヴァドールはダイアンの顔に顔を近づけて言った。「少なくともわたしの亭主は自分の立場はわきまえてたし、それを守ったよ、マドモワゼル！　あのひとはわたしと同じに母親を軽蔑してたんだよ」

「そんなこと知らないと思って？」とダイアンはたたきつけるように言った。かつて深く世話になったひとに対するあまりの言葉に、ダイアンは憤激した。「あのかたの人生を不幸にしたのはあなたよ！　生ける屍の生活じゃないの！　つまらない規則だかきまりだかをふりかざしてるのはあなたじゃないの。マノエルの将来のための誇らしげな計画を押しつけたりして！　マノエルがあなたの権力欲を押し進める道具じゃなかったら、あのひとの幸福なんか気にもとめなかったでしょうに」

「あんたにそんなことが言えるのかい！」マダム・サン＝サルヴァドールは激怒した。イヴォンヌも車椅子の中で身を乗り出していた。自分に代わってマノエルの母親が憎いイギリス女を罵るのを喜ぶかのように目を輝かせていた。「ごたごたばかり引き起こしているのはあんただろう！　ジプシーの伝承を調査するだなんてもっともらしい口実でここへ来て、学問のためが聞いてあきれるわ！　知的な話で息子をたぶらかして、実はあれと寝たかっただけなんじゃないか！」マノエルの母親は大きく息をついた。「それにあの老いぼれた牝犬《シェンヌ》にそそのかされたりして。かわいそうなばかだよ、あの女はわたしを困らせるためだったら何でもするんだ。それを知らないなんて！　あんたのしてることが正しく上品なことだと息子に思わせようとして、あんな結婚式まで考えだす始末よ！」

ダイアンは震える指でブラウスのえりをかき合わせながらうめくように言った。「あなたは意地悪か嘘つきよ」マダム・サン＝サルヴァドールはいきなり激しくダイアンの頬を打った。ダイアンは不意をつかれてよろめいた。

「やめろ、どうしたんだ？」

マノエルは腹立たしげに大股でキッチンに入ってくると、赤くなった頬を手で押さえ、震えながら立ちすくんでいるダイアンにまず目をとめた。それから母親のほうに目を移した。母親は磨き上げられた木のテーブルの端をつかんでかろうじて立っていた。

「この家からこいつをつまみ出して！」マダム・サン＝サルヴァドールは激しく叫んだ。

「聞くに耐えないことを言ったんだ、わたしに！　この女がわたしをどう思ってるか、いや、物事をどんなふうに見ているかよく知っているくせにここへ連れてくるなんて！」

「嘘よ！」

ダイアンの怒りの叫びは、突然はじまったマノエルの母親のすさまじい泣き声に消されてしまった。その間に、イヴォンヌは、ときどき怒りの眼差しをダイアンに向けながら、例の方言を使ってマノエルに非難するような口調で話していたが、やがて、義理の母親になるはずの女のところまで車椅子をころがしてゆき、抱きかかえるようにしてやさしい言葉で慰めはじめた。

ダイアンは三人を見守っていた。マダム・サン＝サルヴァドールはハンカチを顔にあてて激しくすすり泣いている。イヴォンヌは彼女を慰めているがおさまりそうもない。マノエルは顔に怒りの表情を浮かべ、ほんとうのことを言っているのはだれか見極めようとしている。不意にダイアンはわけのわからない叫びを上げると、部屋からとびだし、だれもいない庭に出ていった。彼女のくやしさを分かちあってくれるのはめんどりと雀だけだった。

彼女は玄関のすぐ外に立って大きく深呼吸し、激しい鼓動を静めようとした。いままでにこれほどの恥辱を受けたことはなかった。三年前、マダム・サン＝サルヴァドールがやってきて、かなり明らさまにマノエルが何をなすべきか告げたときですら、こんなことはなかった。あのときは、来たるべき淋しい夜にも勇気がもてる希望があった。いまは、何もない。

彼女はよろめきながら庭を横切り、牧場の柵にもたれかかった。柵の中には農園で使われている何頭かの白馬が入れられていた。朝の仕事が一段落したのだ。干草のたばも一緒に投げ入れられていて、馬たちはだれも、何も目に入らない様子で草を食べたり、ほこりのなかを転げまわったりしていた。ダイアンはうらやましくなった。わたしたちに比べてなんて単純な暮らしなんだろう。晴れた一日仕事をして、帰ってきたら餌をあてがわれ、小屋に入れられ、必要に応じて交尾する。彼女は頬に手をあて、抑えきれずにあふれる涙をぬぐった。ここへ来るべきではなかったわ、と彼女は前に何度もそうしたようにひとりごちた。父親にははかりしれぬほどの財産があるのに、母親にその余裕がないというだけの理由で、ジョナサンが完全に健康になれるチャンスをみすみす逃すべきではないとクレリーは言っていた。あんな言葉に乗せられるのではなかった。お金にはかえられないものだってあるのだ。もしマノエルの母親がジョナサンを好きなようにしたらという考えがふと頭に浮かび、思わず彼女は身震いした。そうなることもありうるんだと思うと目の前が真っ暗になった。

自分のみじめさに気を奪われて、だれかが家を出て庭を横切りこちらに来るのに気づかなかったので、マノエルが家の中とはまったくちがった声音で、「ダイアン！」と呼びかけたとき、とび上がるほどびっくりした。

彼女はマノエルからさっと離れたので、マノエルはいら立って叫んだ。「ダイアン、頼むから！」顎の筋肉がひきつり、目は激情に曇っているようだった。「まるでぼくが殴るとでもいわんばかりに見ないでくれ！　そんなことはしないよ。あやまりたかったんだよ。あんなことになっちまって」

ダイアンの息づかいが荒くなった。「あそこで起こったことを弁解するつもりなのね？」と震えながらたずねた。

マノエルの目が細くなった。「だれの弁解もしてやしないよ。ただ感じたままを話してるだけだ」

ダイアンはかすかに首を振った。「あなたたち――サン＝サルヴァドール家のひとたちときたら！　いったい自分を何だと思ってるの？」こみ上げてくるすすり泣きを抑えながらつづけた。「わたし、ここに来たくなかったのよ。それに、あなたのお母さまとあんなけんかもしたくなかった。それでも、少なくとも自業自得なのよ、来なければよかったんだから」

「じゃぼくのせいか？」マノエルの目が光った。

「そうよ」とダイアンはうなずいた。「そうよ、そうだわ――あなたはわたしをまるで――まるで人形みたいに扱って――着いたときからよ、切り札をもってるからって、好きなようにわたしを踊らせてるのよ。もうたくさん！　こんな不愉快なことはやめるわ！　あなたのお金も助かるしね！　わたし、もう要らないわ」

「ダイアン！」彼はものすごい権幕で、歯ぎしりしながら言ったが、ダイアンはさっと身をひるがえして、庭を走り抜け、メロディがおとなしくつながれているところまで来た。馬に手を触れるなと叫ぶのを無視して、ダイアンは鞍にとび乗ると横腹を蹴り、マノエルがとめる間もなく歩き出させた。彼も自分の馬にとび乗った。ダイアンはつかまえられるのではないかとひやひやした。これまでマノエルをじらしてきたがもうこれ以上はだめだとわかっていた。彼は繋綱を解きかけていた。

どうなるか考えないではなかったが、ダイアンはメロディの手綱をゆるめ、農園の前の広々とした牧草地に馬を乗り入れて全速力で走らせはじめた。こんどはダイアンも冷静に馬を操り、白い雌馬は喜々として草の上を疾走した。髪をかすめる風は涼しく、締め切った農家の中で嫌悪と疑惑によどんだ空気にさらされていたあとだっただけに、よけいさわやかに感じられた。

ピンが風に飛び、髪はまるで黒いシルクのスカーフのように吹き流されたが、気にしなかった。その解放感はたとえようもなくすばらしかった。

しかし、浅い沼をばしゃばしゃ渡っているあいだに、黒い馬はみるみる追いついて、あっという間に横に並んだ。マノエルは果敢に手を伸ばしてダイアンの手綱をつかもうとしたが、すっとかわされ落馬しそうになった。その姿を振り返ったとたん、メロディも向きをかえ、ダイアンは鞍から横へ振りとばされた。一瞬空に浮き、恐ろしいと思う間もなく地面に落ちたが、ぬかるんだ湿地だったのが幸いした。落ちた瞬間に彼女が感じたのは痛みでも恐怖でもなく、クリーム色のスラックスと紫色のブラウスがだめになってしまったという落胆だった。

腹が立って起き上がる気になれなかったので、しばらくそのまま横たわっていた。不意にマノエルがそばにきて、馬からおり、しゃがみこんで心配そうに見おろした。

「ダイアン」とかすれた声で呼びかけた。「大丈夫か？　けがはないかい？」

ダイアンはぼんやりとその顔を見上げ、片肱を起こした。ブラウスのえりの折返しが開いて、なめらかな胸のふくらみがのぞいた。「汚れただけよ」と彼女は力なく答えた。心配そうな目を見て反抗する気がなくなった。首を振ったので、髪がカーテンのように顔に落ちかかった。「ばかなことしちゃったわ。ごめんなさいね、マノエル」

「ああ、ダイアン！」マノエルは立ち上がり、乱暴に頭をかきむしった。「頼むから、立ってくれよ！」

ダイアンは彼を見上げながら、その存在を、その力を、心をかき乱す個性を、そしてどれほど彼を求めているかを意識した。わざとダイアンは言った。

「手をかして、マノエル。手を汚してもよかったら」

マノエルは振り向いた。その顔は落ち着きをとり戻していた。機械的に差しのべられた手を、ダイアンは握った。冷たい手だったがダイアンには焼けつくように感じられた。マノエルはやすやすと彼女を引き起こし、手を放して後ろを向き、手慣れた手つきでコンシユエロのくつわをとった。

ダイアンは胸がいっぱいになった。後ろ姿にすら心をかき乱されて、背後からすがりつき力いっぱい抱きしめたいという、かつてないほど激しい衝動を感じた。しかし、すぐに我に返り、ジョナサンのこととマノエルのそばにいるだけで冒しそうになる恐ろしい危険とを考えようとした。ほんのわずかのあいだだが、いままで以上に軽蔑の種になることをマノエルにされる危険があったのだ。それも何のためかというと気の迷いのためだ。わずか一瞬の激情がすべてを無に帰してしまうのだ。

そのとき、マノエルが落ち着きをとり戻したように振り返った。その目はけわしく怒りの色を浮かべていた。「用意はいいかい?」とたずねられ、ダイアンはゆっくりうなずいた。「よし。それじゃ農園に戻ろうか?」

「農園へ?」とダイアンはおぞけをふるって言った。「あそこへ戻りたくはないわ!」

「じゃ、その格好のまま町へ帰るつもりなのか?」彼の声は冷ややかな無関心をあらわにしていた。

　ダイアンは泥まみれの衣類に目を走らせ、乱れた髪に手をあてた。「そうしなけりゃしようがないでしょう？」

　マノエルはためらったが、やがて深いため息をついた。「カバーヌへ行こう」とはっきり言った。

　ダイアンは身を震わせた。「わかったわ」

「よし《ビヤン》、行こう《アロン》！」

　マノエルはコンシュエロにとび乗り、ダイアンが鞍に乗るまでメロディのくつわをとっていた。それから、一言も言わず馬の横腹をひと蹴りすると黒い馬は湿地をゆっくりと歩いていった。

　まもなくカバーヌに着いたが、ダイアンはほとんど時の流れを意識しなかった。藁ぶき屋根の小屋の外で、彼女は井戸から汲み上げた水で顔を洗った。そのあいだにマノエルはワインを飲みにカバーヌへ入っていった。手や腕の泥はすぐ落ちた。ブラウスを脱いで首や肩を洗いたかった。だが、そんなことはもちろんできないので、ブラウスのボタンを外し胸のあたりに冷たい水をかけるだけにした。それでもほてった身体をつたって流れる滴が気持よかった。

　もの思いにふけるように、じっと空をながめていると、マノエルがカバーヌから姿を現し、豹のようにほとんど足音を立てずに彼女に近づいた。あわててブラウスをかき合わせるダイアンを、彼は黙ってにらみつけた。

「いったい何をしてるんだ?」とぶっきらぼうにたずねる彼の目はブラウスのえり元からのぞく白い喉のあたりに吸い寄せられていた。

「暑かったのよ」と言いわけがましくダイアンは言った。「身体を冷やそうとしてただけだわ」

マノエルはダイアンの上気した顔をくい入るように見ていた。その視線に耐えられなくなったとき、彼は口を開いた。「原っぱをバスルームと取りちがえるなよ」ときめつけるように言った。「だれか来るかもしれないんだぜ! そうしたらどうするつもりだ!」

ダイアンはブラウスのボタンをかけようとしたが、指が震えてうまくいかなかった。

「来るのがあなただったらそんな台詞を言うわけね」と非難めいた言い方をしたが、力は入らなかった。「さあ、あなたはやってきて、それでどうするつもりなの?」

マノエルの目がふいに曇った。「どうしてもらいたいんだ?」

その目を見てダイアンの手がとまった。よけいなことを口走ってしまったのだ。とりかえしがつかないことになってしまった。

ふたりのあいだの張りつめた空気を追い払おうとするかのように、すばやく身動きして、井戸の向こう側へ逃げようとした。だが、男の手の動きのほうが早かった。マノエルは彼女の腕をつかむと容赦なく引き寄せ、ほっそりした腰に両手をまわした。後ろ向きに抱き寄せられたダイアンは激しくもがいたが、男の力には逆らいえなかった。マノエルの胸や腕や太腿のたくましい筋肉が硬直した身体に押しつけられた。その感触は彼女にとって強烈な拷問であった。すぐに彼は顔で髪をかきわけて、やわらかいうなじに焼けつくような激しさで唇を押しつけてきた。

「やめて！」彼女は夢中で頭を振り動かしながらうめいた。

唇をダイアンの耳の後ろにすべらせながら、「なぜ？」と彼はつぶやいた。「どうしてぼくのものを手に入れちゃいけないんだ、きみはぼくのものだ——きみだってよく知ってるはずだ！」

そして、荒々しく、だがたくみに抱きしめたまま彼女を向きなおらせ、唇を求めた。ダイアンはしっかりと唇を閉じていた。どうかしている。こんなことに反応を示してはいけないと思ったが、自分で招いたことだった。

マノエルはじれて、片手をダイアンの唇にあてて無理やり押しあけ、舌を入れてきた。そして飢えたようにその甘さを味わうのだった。

全身の力が抜けたダイアンのやわらかい身体は男の腕の中で溶けてしまいそうだった。彼女は夢中でマノエルにしがみつき、首すじのあたりまで伸びているふさふさした黒い髪をかきわけてうなじを愛撫していた。だが、男の手がブラウスのすそから差しこまれ、滑らかな肌をまさぐり出したとき、ダイアンははっとわれに返った。人里離れたその場所にいるのはふたりだけだった。愛の行為への期待に理性を失いかけていたが、身を守るために闘わねばならないと思った。自分のためだけではなく、ジョナサンのためにも……。

男の手がゆるむのを見はからって、彼女は超人的な努力で身を離し、ブラウスの前をかき合わせながら足早にカバーヌのほうへ歩いていった。

やっとの思いで気を落ち着かせ、振り返ると、マノエルは背中を向けたまま立ちつくしていた。だがやがて井戸に身をかがめ、水を顔と首に振りかけ、ぬれた手で髪をなでつけた。ものうげに身体を屈伸させながら、身を起こすとこちらを向いた。その顔を見たとき、ダイアンの胸はしめつけられた。そこには深刻な苦悩とぞっとするほどの寂寥が浮かんでいた。

マノエルは何も言わずに黒い馬に近づき、鞍にとび乗った。ダイアンが立っているところまで戻ってきて、さげすむように見おろした。

「馬に乗れ!」と荒々しく命じられ、ダイアンはおずおずと従った。それ以上一言も発せず、マノエルは馬腹を蹴って去った。アルルの郊外に着くまで彼はつねに先を進み、ホテルからかなり離れたところで、馬をおりろと言った。いぶかしげに見上げるダイアンに、マノエルは唇を歪めると冷ややかに言った。

「町の中まで行きたくないんだ。それにホテルに帰る道はすぐわかる。わからなかったら聞けばよい。男ならだれでも喜んで教えてくれるはずだ。きみにならね！」そして彼女が答えるのを待とうともせずに走り去った。ひとり残されたダイアンは生涯でもっともみじめな思いにひたされていた。

6

その晩は夜が更けるまで、ダイアンは深い悲しみに心がなえて、何も考えられなかった。ベッドに入ってからも全身が凍りついたようで、なかなか寝つけず、ときどきうとうとしても、マノエルにジョナサンを奪いとられたり、マノエルの母親に手のとどかぬところにジョナサンを隠されたりする悪夢にたえずおびやかされ、眠りを妨げられてしまうのだった。いま自分がおかれている苦境についてはっきりと考えられるようになったのは、あくる朝になってからだった。

その朝、彼女はドレッシングテーブルの前に腰を下ろし、真っ赤に充血した目で、なにか霊感でも求めるかのように鏡に映る不幸にやつれた顔をながめていた。

しかし、頭に浮かんでくるのはカバーヌで彼女を振り返ったマノエルの顔であり、直接の非難よりも心に突きささるさげすみと苦悩の表情であった。ああした行動をなぜ彼は責めたのだろうか？　男を適当に挑発しておいて、相手の感情を冷ややかに無視して身をかわして喜ぶような女だと思っているだろうか？　彼だけでなくわたしだって苦しいのがわかっていないのだろうか?　わたしだって逃げ出したくはなかったのだ。満たされぬ思いに叫び出したいくらいだったのだ。

ダイアンはドレッシングテーブルのふちに両肱をつき、頬づえをついていた。過ぎ去った日々の思い出が悲しくよみがえってくる。三年前はじめてカマルグへやってきたときの生々しかった自分の姿が目に浮かんでくる……。

そのころ、彼女は教職課程を終えようとしていたが、フランスで三カ月を過ごす機会が与えられ、喜んでイギリスをあとにしたのだった。そして、その三カ月のほぼすべてをプロヴァンスで過ごすことになってしまった。

はじめのいく日かパリに潜在したのち、古い車を借りて南に下った。ロワール渓谷の城めぐりに十日を費やしてから、ワインの宝庫である地方を通って南下をつづけプロヴァンスにやってきた。おりしも五月で天気は申し分なかった。そのあたりの名物である蚊の群れに悩まされるほど暑くはなく、といって軽装では困るほど涼しくもなかったのだ。

アルルとレ・サント・マリ・ド・ラ・メールのあたりはジプシーと観光客でいっぱいだった。毎年催される、三人のマリアがプロヴァンスに上陸したことを記念する祝祭に集まってきていたのである。レ・サント・マリという地名はのちにその伝承からつけられたのだ。ところで、ジプシーたちが崇拝しているのは三人の聖女ではなく、その黒人の召使サラであり、ローマ教会では聖人の列に加えられていないが、ジプシーのあいだでは聖女とみなされている。サラにまつわる数多くの伝説が語り継がれていて、ダイアンもすぐに知ることになったのだが、そのときはただおびただしいジプシーの群れに目をみはっていたにすぎない。

印象を書き記すためのノートブックとカメラをたずさえて、着いて間もないある晴れた朝、彼女はレ・サント・マリに車をとばし、文字どおり悲しい運命に落ちこむことになったのだ。

彼女が借りた古い車は走るのが不思議なくらいの代物だった。途中でハンドルがきかなくなり、みぞに突っこんでしまった。幸いにしてけがはなかった。そこはジプシーの野営地のすぐそばで、ハンサムな若者がみぞから救い上げてくれたうえ、拒めないほど執拗にすすめられて、その若者の祖母に会わせられることになった。いうまでもなく若者はマノエルで、その祖母というのがジェンマであった。のちにまったく偶然にわかったことだが、マノエルは四分の一ジプシーの血が流れ、四分の三はプロヴァンスの貴族の血統を受け継いでいた。

ふたりの関係ははじめから幸せだということを考える余裕すらないほどのものであった。毎日が新しい喜びであり、あのどちらかといえば恐ろしげな老婦人であるマノエルの祖母にはげまされて、ふたりはほとんど毎日をともに過ごした。これもあとで知ったことだが、そのころマノエルの両親はよそへ出掛けており、そのために自由にジプシーの野営地で過ごせたのであった。

しかし、サン＝サルヴァドール夫妻が帰ってきて、ダイアンがマノエルに課せられていることや自分の立場の微妙さにはっきり気づきはじめたあとでさえ、マノエルは、だれにもなんにもとらわれずに相変わらず、逢いにきてくれた。ダイアンはマノエルの両親に会い、十四歳の妹のルイーズに会った。そしてマノエルの両親の息子に対する冷ややかな態度に戦慄を覚えた。

のちに彼女はイヴォンヌ・ドマリに会ったが、そのとき、マダム・サン＝サルヴァドールとイヴォンヌは、マノエルがイヴォンヌと結婚する予定であり、それはふたりが子供のときからの取決めであること、どんなことがあっても、またどれであっても、とくにイギリスから来た小娘なんかがそれを妨げるわけにはいかぬことを告げられたのであった。ジところでマノエルの両親はその計画をジェンマを考えに入れずに立てていたのだが、ジェンマの力はあなどりがたいものであった。長い夏の日が暮れるころになっても、ジェンマはサン＝サルヴァドールの地所のはずれに置いた箱馬車にとどまり、遅かれ早かれ自分の思いどおりになると知りつつ、巧みにダイアンとマノエルを逢わせていたのである。

ダイアンはマノエルを心から愛していたが、彼のものにはなれなかった。そして、マノエルは彼女の抵抗をものともしない力をそなえていることを自覚しているはずなのに、奇妙にも無理に彼女に欲望を押しつけようとはしなかった。その自制がどれほど彼にとって苦しいものか知れば知るほど、ダイアンの愛は深まった。ふたりの愛は手を触れ合っただけで即座にお互いの欲求に気づくほどまでにたかまっていた。ダイアンはいつかマノエルが両親に逆らい、駆け落ちしてくれるのを夢見ていた。

もちろん、ジェンマは持ち前の鋭い感覚でだれよりもふたりのことを理解していた。彼女はふたりの仲が深まるのを見守り、何が起こるかはっきりと気づいていた。

アルルで闘牛の祭典が催されている六月、ジェンマは自分の部族のジプシーたちをサン＝サルヴァドール農園に招いた。何十人となく集まってきたジプシーたちにマノエルの両親は眉をひそめたが、それをとどめるすべはなかった。マノエルの祖父は農園の経営権を息子に遺したが、農園そのものは命あるかぎりその妻ジェンマのものだったからだ。

心おどらす饗宴がくりひろげられた。ダイアンとマノエルのためのように、ワインとダンスと音楽の夜がつづいた。マノエルの身体を流れるジプシーの血が騒ぎ、ダイアンのすらりとした肢体は長い夏の日に焼かれ、黄金色の肌をもつ魔女のような魅力を発散していた。マノエルは彼女のそばを離れなかった。狂ったように彼女を愛していたのだ。ふたりの仲は絶頂に達しようとしていた。

ジェンマの喜びも頂点に達していた。サン＝サルヴァドールの後継者、彼女の血を受け継いだ目の中に入れても痛くない孫、マノエルは彼女の世界の中心だった。その孫を、冷めたく計算高いがみがみ女――とジェンマはイヴォンヌ・ドマリを呼んでいた――と結婚させたくはなかった。

アルルで聖体行列が行われる日の午後、マノエルはダイアンを闘牛場に連れていった。焼けるように暑い午後で、死の匂いと熱狂した観客の汗の臭いが場内に漂っていた。ひとが獣にかえり血を求めたくなるような午後だった。ダイアンはプロヴァンスで過ごす日々もまもなく終わるのだと強く意識した。

マノエルもまたそれに気づいているらしく、ダイアンがそれまでに見たこともない向こう見ずな性格をあらわに見せた。闘牛士のひとりがぶざまな演技をして、観客のかけ声が嘲笑に変わったとき、マノエルは席を離れて、砂の上にとびおり、その闘牛士と代わったのだ。彼は闘牛士のケープを借り、恐ろしさで身動きもとれずに見守るダイアンの前で突込み《パス》をした。観客は気が狂ったように興奮し、マノエルに声援をおくり、殺せとわめいた。

しかし、マノエルは雄牛を殺さなかった。長いあいだ死をもてあそんでから、砂をきらめく血で汚さずに退場し、雄牛は疲れきってあえぎながら、当惑したように立っていた。

ダイアンもまた当惑した。そしてマノエルが席に戻らぬうちに走り去った。蒼白な顔でふるえている彼女に追いついたのは闘牛場の外だった。そして、慰めるマノエルの手を振り払った。これほどこわがらせたマノエルを許せなかった。

ダイアンはいやがったが、ふたりはジプシーの野営地に戻った。マノエルはジェンマにいきさつを話した。だが、ジェンマはただ笑って、マノエルは何をしてるのかちゃんとわかってしてるんだから、そんな気の弱いことでどうするとダイアンをたしなめた。それでもダイアンはその出来事を思い出して身を震わせながら、マノエルのいない人生はなんの意味もないことをはっきりとさとったのだった。

その夕方、野営地の祭りは最高潮に達し、音楽はいままでになく野性的で胸をかきむしるような調べに転じた。ヴァイオリンの響きはダイアンの心の奥までしみとおり、胸を打った。しかし、みんなが彼女を見る目が変わり、衣裳や黒い絹のような髪に触れては聞くものの心を動かさずにはおかぬ音楽のような言葉でささやき合うのにはほとんど気がつかなかった。

やがて日が沈むにつれて、その宵はいままでとはちがうのに気づきはじめた。音楽やダンス、それに興奮はクライマックスに向かっているようだったし、そのクライマックスの主役のひとりはどうやら彼女らしかったが、それはどんなふうに行われるのだろうか?

それも間もなくわかった。キャンプファイヤの炎が焼けた大地に影を落とすころ、ジェンマが部族の女族長、《フュリ・ダイ》の正装で姿を現し、静寂が人々を支配したとき、ダイアンはこれこそ待たれていたものなのだとわかった。彼女は落ち着かなくなって、そばに立つマノエルを説明を求めるような目つきで見た。

マノエルの目はやさしくおだやかだったが、その底で情熱の炎が燃えていた。「愛してるよ」とかすれ声で彼は言った。「ぼくを信じてくれ！」

それから起こったことのひとつひとつはぼんやりとしか思い出せない。ずいぶん多くのことが一度に起こったような気がする。これがふたりの婚礼の儀式だと気づきはじめたのは、マノエルとのあいだで塩気のあるパンをとり交わす間際だった。はじめ彼女はおののき、熱狂に、ふたたび鳴りはじめたさらに野性味豊かな官能をゆさぶるような音楽に、進行する儀式を見ようと押し寄せてくるジプシーたちに当惑した。だが、マノエルとともにひとつの盃で濃厚なワインを飲み、許しを乞うような目をしてマノエルがメダルのついた細い金の鎖を首にかけてくれたとき、不安が消え去るのを感じたのだった。これがマノエルなのだ。愛する男、いまジプシーの掟によって彼女の夫となった男だった……。

祝宴とダンスは夜通しつづけられたが、ダイアンとマノエルはずっと前に席を外した。ジェンマが自分の箱馬車をふたりのために用意しておいてくれた。いま考えてみると、ふたりともジプシーたちがかもし出す熱狂と興奮の潮に運ばれていたのだ。しかし、それは自然の成り行きだった。ふたりがともにした夜の思い出にダイアンは頰を染めた。いままでも、彼女の身体に押しつけられたマノエルのたくましくて若々しい身体のなめらかさが感じられる。そして、ベッドにかけられたやわらかい絹のカバーの中で、激しく押しつけられた唇の感触を……。

彼女は手の中に顔を埋めた。あとで何が起きるかわかってさえいたら、と彼女は悲しく考えた。それがもっとも望むものを正しく美しく見えるようにマノエルに与えるべく演じられた無言劇であると気づいてさえいたら。あくる朝、まだ目覚めずにいるダイアンをひとり残して、マノエルは農園に帰っていった。マノエルが戻ってきて、できたら農園に一緒に行き、両親に起こったことを打ち明けるのを期待しながら、彼女は長い長い一日を待ち暮らしたが、彼は戻ってこなかった。日の沈むころ、ダイアンはすっかりとり乱した。すがるひとはいなかった。唯一の味方になれるジェンマは部族のひとたちを引きつれてその朝どこかへ行ってしまった。それはふたりに箱馬車を使わせるためであったが、ダイアンは疑いをもちはじめていた。ジェンマはすべてが悪ふざけと知っていたのではなかったか？　あとで面倒が起きるのを見越して姿を消したのではなかったか？

九時ごろになると、ダイアンは利用されただけだったと確信した。ジェンマがマノエルを満足させるために仕組んだゲームの駒だったのだ。マノエルのためなら何でもするとつねづねジェンマは言っていたではないか。マノエルがもの狂わしくダイアンを求めていたのを知っていたではないか。胸の悪くなるような恥辱に押しひしがれて、ダイアンは前夜マノエルが首にかけてくれた細い金の鎖をひきちぎり、涙にくれながら小さなサラの紋章をながめた。彼のものはもういらない、自分の愚かさを思い出させるだけではないか。

そのとき、馬のひづめの音が聞こえ、彼女は窓にとんでいって、月光におぼろに照らされた外を見た。だが、ひとり馬を駆ってきたのは男ではなく、マダム・サン＝サルヴァドールだった。マノエルの母親は中に入れてくれと言った。

ダイアンはその女がいるだけで不運を招くと知りながら、黙って入れるしかなかった。マダム・サン＝サルヴァドールはダイアンの涙に汚れた頬を嘲るように見て、マノエルの代わりに来たのだと告げた。息子は自分を恥じていて、いまの気持をダイアンに何と説明したらいいのかわからないのだと言った。やはり彼は両親にすべてを話したのだった。マノエルの母親は話しつづけた。自分たちは息子がしでかしたことを認めるわけにはいかないし、許しを乞いにやってきたところをみると、息子ははっきり自分の義務に気づいていると思う。息子はイヴォンヌと子供のときから婚約しているのだし、ダイアンとの関係は忘れられもするし、なかったことにしてもだれにもとがめられはしない。ダイアン自身もわかっているだろうが、あんな結婚の儀式はおもしろい見せ物にすぎないし、参加した人たちだって真面目にとってはいない。

はじめダイアンは茫然としてしまい、筋道を立てて考えられなかった。そうでなかったら、そんなことを言うマダム・サン＝サルヴァドールの真意がわかったかもしれなかった。しかし、実のところ、マノエルの母親は、マノエルが戻ってこないことがはっきりしてからずっと彼女自身が抱いてきた疑いを声に出したにすぎなかった。反論はしたものの、それは心こもらぬものだったから、年上の女にかかってはあっさりあしらわれてしまった。

しかしながら、ダイアンにとって決定的な打撃、決定的な恥辱だったのは、マダム・サン＝サルヴァドールがマノエル自身の署名のある二千ポンドの持参人払い小切手を差し出したことであった。マノエルの母親の目の前でこの小切手をめちゃくちゃに引き裂くのはひどく痛快だったが、いましている行為こそマダム・サン＝サルヴァドールの思う壺なのだとは感じていた。

それからはひたすら逃げ出したかった。翌日の午後の飛行機でマルセイユを発った。マノエルの心変わりを知ったあとでも、一緒に過ごした日々の思い出を追い払えないために、いっそう悲しみに引き裂かれた。マノエルはすばらしい恋人だった。その彼にもう決して逢えないのだという思いに苦しみもだえた。

イギリスに戻り、苦々しい屈辱感もおさまってくるにつれて、マノエルが後を追ってくる、ホテルで住所を聞き出してイギリスに逢いにくるにちがいないと思いはじめた。こんなにあっさりあきらめたことを悔やんでいるにちがいないと思ったのだ。しかしそんなことは起こらなかった。彼女はフランスにいた時間は存在しなかったのだと考えようとした。クレリー伯母さんはプロヴァンスからあんなに熱狂した手紙をよこした姪がなぜ急にそこを嫌うようになったのかわからなかった。

妊娠に気づいたとき、ダイアンは半狂乱になった。自分の未来も子供の未来も考えられぬほど気持が沈んでしまい、クレリーがいなかったら、なにか恐ろしいことが起こったかもしれなかった。そうならなかったのはたまたま伯母が彼女から真相を聞き出して、慰めてくれたこともあって、冷静に考えられるようになったからだった。結局わたしは若いのだし、先は長いのだからやり直しがきくし、こうした目に遭った女は数え切れないのだと思った。もちろん、マノエルに知らせるつもりはなかった。その点に関しては彼女はしっかりしていた。どうしてそんなことをする必要があろう。マノエルは子供のことが言えた義理ではないのだ。彼女をまるで存在しなかったかのように捨て去ったのだし、そんな男に何も期待はしなかった。

伯母はすばらしい人だった。ダイアンが子供を生むことに賛成し、ジョナサンが生まれると普通の子供と同じように可愛がり、甘やかした。ダイアンは教職につき、仕事にいっているあいだ、赤ん坊の世話は伯母の係だった。そんなに悪い暮らしではなかった。大して金があるわけではないが決して貧しいとは言えなかった。ジョナサンが病気になったとき、はじめてマノエルのことが頭に浮かんだのだった。息子が生まれたことを知ったら、その子のために何かしてくれるかもしれぬとふと思ったのだった。

この子は湿気の多いイギリスに置いておいてはいけないと医者に忠告されたのは数週間前のことであった。クレリーも医者の言葉を守るべきだと言った。

ダイアンの目から涙があふれ、ここへ来てはじめてさめざめと泣いた。この旅行は完全に失敗だった。あれほど必要な金をむだに使ってしまったのだ！　あんなことがあったのにマノエルに何か頼みにいくのは狂気の沙汰だと気づくべきだったのだ。それにしても、ここへ来るまでは、マノエルも自分の問題を抱えているとは知らなかった。だが、そうした問題のせいでマノエルからひどい扱いをうけたのだとは言い切れない。マノエルは、自分の心から彼女の面影を消し去ってはいても、実際にその姿を前にすると心がかき乱されるのだとだけは確信しえた。いずれにせよ、三年というのは長い月日だったのだ……。

ダイアンはドレッシングテーブルから立ち上がり、力のなえた手で涙をふいた。どうしようか？　マノエルが金をくれようというのをはねつけてしまったいまとなっては、もうここにはいられない。どれほど腹を立てたところで事情は変わりはしないし、カバーヌの出来事があったのに、ここにいるのは愚かなことだ。わたしの我《が》を折る力を、かつてそうだったようにいまでも備えていることをマノエルはもっとも効果的に確かめてしまったのだ、と彼女は思った。もし話をむしかえしたりしたら、どれほどひどい嘲りを浴びるだろうか。

激しくドアをたたく音がして、彼女はどきっとした。

「はい、なんですか？」と彼女は声を上げた。

「お電話《ル・テレフォーヌ》ですよ、マドモワゼル！」メイドの声だった。「下でお受けください」

一瞬ダイアンは胸をおどらせたが、すぐに思い出した。そうよ！　アンリだわ。きょう電話するって言ってたじゃないの。彼が熱を上げているのを知るのは不愉快ではなかった。まだ朝の九時になったばかりなのにもう電話してきている。それも計算のうちに入っているかも知れぬ、マノエルがそうだったように。いずれにせよ、それはどうでもよかった。彼とかかわり合いになるつもりはないのである。それでも、二日前の楽しい午後のことを思い出すとそんなにそっけなく扱うわけにはいかない。電話にも出ないなんて冷たすぎる。で、彼女は「すぐに出ますわ」と答え、ネグリジェを脱ぎ、スラックスに手を伸ばした。

アンリの声は軽やかにはずんでいた。「ダイアン？　またお声が聞けて幸いです。ご機嫌いかがですか？」

ダイアンがていねいに返事をすると、アンリは驚いたように声を上げた。

「なにか憂鬱そうですね？　ぼくの電話のせいでそんなに——ええと、なんて言ったかな——滅入ってるんですか？」

ダイアンはため息をついた。「いいえ、とんでもないわ、アンリ。お電話くださってありがとう。でもわたし、すぐにここを発たなきゃならないの」

「なんですって？　発つって、プロヴァンスをですか？」とがっかりしたような声で言った。

「そうなの、わたし——わたしイギリスに帰らなくちゃならないのよ」

「でもどうしてです？　一週間にもならないじゃないですか、ここに来てから！」

「そうよ。でも——帰らなくちゃならなくなったの」

アンリは舌を鳴らした。「それでいつ発つんです？」

「はっきり決めてないの。きょうか――たぶん、あしたよ。飛行機の席がとれるかどうかによるの」

「じゃ、あしただよ、ダイアン。せめてもう一日ご一緒させてくださいよ」

ダイアンはためらっていた。サン＝サルヴァドール農園からできる限り遠ざかりたいという気持なのに、一方では意気地なく、マノエルの行動範囲にもう一日だけいたい気もした。それは愚かなことであり、無責任ですらあったが、そう急いで発つこともないと思った。

「わかりました」と彼女はアンリの誘いに答えて言った。「明日の便の予約ができるかきいてみますわ」

彼女は自分の弱さがいやになったが、もう口にしてしまったし、アンリは喜んでいた。

「何がしたいですか？」とアンリは熱っぽくたずねた。「一日暇なんです。観光に行きたいですか？ ぶどう園とか、レ・ポーとか。そうだ。ニームはどうですか？」

ダイアンは身震いした。「いやよ、――あそこはいやよ」それからすばやく言った。「レ・サント・マリへは行けないかしら？ あそこでお昼を食べてから、そう、泳ぐのはどう？」

アンリは大喜びだった。「いいですとも。ダイアン。そんな楽しいことは思いつけませんでしたよ。どのくらいで支度できます？」

ダイアンは時計を見た。九時をすこしまわったところだった。「一時間ぐらいかかりそうよ」と彼女は言った。「まだ、朝ごはんを食べていないし、空港に電話もしたいし……」

アンリは同意して電話を切った。ダイアンは少し気分が晴れてボックスを出た。出発が一日延びたので、少しはくつろいだ気持になれる。食堂で朝食をとり、部屋に戻り、何に着替えようかと思ったが、結局スラックスにすることにした。ただ、あとで着替えが楽なように下にレモン色のビキニをつけた。それから、うすく化粧して、階下におり空港に電話した。

翌日の午後の便のキャンセルがあったので、それを予約した。ふたたびボックスから出たところでホテルの支配人に出会った。相変わらずあたたかくほほえみかけてくる支配人に、あした午後発つことになったと話した。

「なにかあったのではございますまいね。マドモワゼル、お宅でなにか?」

ダイアンは首を振った。「いいえ、でも帰らなくてはなりませんの」とほほえんで言った。「ここは楽しかったですわ。友だちにもこのホテルをすすめることにしますわ」

支配人は適当に礼を言った。ダイアンは自分がしていることを真剣に考えるときにいつも感じるむなしさを覚えながら、部屋に戻っていった。

アンリは十時をすぎるとすぐやってきて、ふたりは数マイル離れたレ・サント・マリへ車を走らせた。

すでに十二世紀の教会を見物してまわる観光客がちらほら見えた。その教会にはマリアたちの遺物がのこされているのである。ダイアンはその小さな町が現代風になり、コマーシャリズムに冒されはじめているのに気づいて残念でならなかった。前にはなかったキャンピングカー用のキャンプ場とか数軒のホテルが歴史的意義のある風物を台なしにしてしまっていた。

それでも、大衆的なレストランでとった食事はすばらしくおいしかった。それからふたりは車を置いて、海岸を散歩した。ヴァカンスを楽しむらしい人たちが喜々として日向ぼっこしていた。いくつかの岩の陰になった静かな場所を見つけて、ダイアンはタオルを広げ、ゆったりと横たわった。まだ、袖の短いうね織りのセーターとスラックスを脱ぐ気にはならなかった。アンリは上着を脱いでカジュアルなカーディガンを肩にかけていた。アンリは彼女のそばに寝ころぶと気になるように見つめた。

「どうしてもあしたイギリスに帰らなくちゃならないんですか」と両手でダイアンの手をとり指を撫でながら突然たずねた。

ダイアンは静かに手を引いて、両肱をついて半ば身を起こした。「そうなの」と答えて、ちらっと相手の顔を見てから、水平線に浮かぶ船のけむりに目をやった。

アンリはため息をついた。「どうしてです？　休暇中なんでしょう。もう二、三日いてもいいじゃないですか」

ダイアンは口をひきしめてから、言った。「そんな簡単にはいかないわ。家に用ができたのよ」

「どんな用なんですか?」

ダイアンはじっと眉をよせた。「アンリ、あなたはわたしのことまったく知らないのよ。結婚してるかも知れなくてよ」

「指輪をはめてないじゃないですか」

「そんなことあてにならないわよ。イギリスでは指輪をはめっぱなしにしている女は少ないのよ」

アンリはダイアンの心持かたむけた横顔をしげしげと見た。「それで、あなたは? 結婚してるんですか?」

ダイアンはためらった。「いいえ」

アンリはほっとして彼女に寄りかかった。「それならいいじゃないですか。まだここにいたって? ぼくを喜ばすためにだけでも?」

「いいえ、だめなのよ」とダイアンははっきり首を振ってから、立ち上がった。「泳ぎましょう」

唐突に話を変えたのでアンリはびっくりしたが、しぶしぶうなずいた。ダイアンはまるで恥ずかしげもなくスラックスとセーターを脱いだので、アンリは目を見はった。

「きれいだ」とアンリはかすれ声でつぶやいた。軽く手を振ってダイアンは振り返り、水しぶきを上げながら海の中に走っていった。アンリはしばらくながめていたが、岩陰に隠れ、日焼けした肌を強調する真っ白いトランクスを着けて出てきた。そして海にいるダイアンに追いつくと、たっぷり三十分ぐらい、ふたりは泳ぎ、飛びこみ、もぐった。ダイアンの髪はまるで海草のように水面になびいた。

やがてふたりは気持よく暖かい日ざしを背にうけて水から上がると、ダイアンは身体と髪をタオルでよく拭いてふたたび寝そべった。アンリは軽く頭を拭いたタオルを彼女の横に敷き、腹ばいになると耐えられなくなるほどじっと彼女の上気した顔を見つめた。

「ああ、ダイアン」と彼がささやくと、彼女はそのせまるような視線を避けて、さっと起きなおった。

「おねがい、アンリ」と厳しい口調でダイアンは言った。「せっかくの午後を台なしにしないでね」

アンリは声を上げた。「どうして台なしにすることになるんだ。きみに好かれてると思ってたのに!」

「ええ、好きよ」と彼女は抱えた膝頭に指をはわせながら言った。「でもわたし、あなたとかかわり合いになりたくないのよ——つまり、あんなふうなことはいやなのよ。誤解されるようにしむけたとしたら、あやまるわ——」

「じゃ、いったいどうしてもらいたいんだ」苦々しく気短なその声を聞いて、思ったほど大人じゃないんだと気がついた。「きみは黙ってお昼をおごらせたじゃないか、ふたりっきりになれる場所に連れてきても黙ってたじゃないか。それなのにかかわり合いになりたくないだって！　ぼくを何だと思ってるんだ！」

ダイアンは悲しげに彼を見つめた。後悔のうずきが背筋を走った。「アンリ、おねがいよ――」と言いかけたが、それを無視していきなり彼はダイアンを引き寄せた。バランスを失って彼女は男の胸に倒れかかった。それから唇を求めてきたので、ダイアンは首を振って男の唇を逃れ、こぶしで相手の胸をたたき身体を離させようとした。しかし彼女がもがけばもがくほど興奮して荒々しくあえぎながら抱きしめてきた。

ダイアンが本気で怒り出そうとしたとき、突然、アンリの身体が引き離された。アンリは腹と顎を殴られて唸りながら、砂の上に伸びてしまった。ダイアンは不注意だったと身にしみて感じながら立ち上がり、冷たい非難を浮かべたマノエルの突き刺すような眼差しにたじろいだ。

「なにか着ろ！」

たたきつけるように言い、さっと後ろを向いてアンリを引きずり起こした。

アンリは少しずつ正気をとり戻し、打たれた腹にかばうように手をあててうめいていたが、マノエルに気づくと信じられぬというように大きな目を見ひらいた。

「マノエル！　おれだ《セ・モア》、アンリ《アンリ》だよ！　なんでこんなばかなことを《ア・コワ・パンセ・ヴ》？」

マノエルはきっと顎をひいた。

「いまはやめとこう、アンリ。冗談を言う気分にはなれないんだ」

「あたりまえだ《セ・テヴィダン》！」

アンリはつぶやいて顎をなでた。

「わからないな、マノエル。おれが何をしたっていうんだ？　マドモワゼル・キングを知ってるのか？」

マノエルは沈んだ目をして、冷ややかに認めた。

「そうさ！　マドモワゼル・キングを知ってるよ」

アンリは当惑したように首を振り、不思議そうにダイアンを見た。しかし、ダイアンは濡れた水着の上にセーターとスラックスを着けるのに忙しく、それに気づかなかった。

着替えると、マノエルはその腕をしっかりつかんで、アンリにぶっきらぼうにうなずいてみせると、ダイアンを引きずるように砂の上を歩いて、止まっているほこりまみれのステーションワゴンのほうへ向かった。

ドアを開けるとダイアンを車内に押しこみ、自分も乗りこむとすぐにエンジンをかけた。

大きな車は半回転すると凹凸の多い海岸線をはねるように走って道路に出た。

ダイアンは身をかたくして座席に座り、このひとはどうやって、なぜここに来たのだろうと考えていた……。

7

車の中は暑く、濡れた水着が肌にはりつき、ダイアンはひどく気持が悪かった。マノエルは必要以上に運転に神経を注いでおり、どこへ連れていくつもりかたずねたかったが、にこりともしない厳しい表情を変えないので取りつく島もなかった。だが、ダイアンが居心地悪そうに身体を動かしているのに目をとめた。

「じっとしてろよ！」と荒々しく言った。「もぞもぞ動くとよけい我慢できなくなるぞ」

ダイアンは逆らうようにその顔を見た。はじめは助けてもらってありがたかったのだが、だんだん腹が立ってきたのだ。どんな権利があってひとのことに首をつっこむんだろう？　何をしたって構わないじゃないの？　きのうみたいなことがあったあとで、もう彼に会うまいと思ったのは正しかったのだ。なぜ来たんだろう？　なぜわたしをさがしに来たんだろう？　いまさら何をのぞんでいるんだろう？

「どこへ連れてくつもり？」といら立たしさのせいで口をきく勇気が出てたずねた。

マノエルはばかにしたように彼女に目を向けた。「まだ決めてないよ」と彼は気にもとめずに言った。「濡れた水着を脱いで、よく身体を拭きたいんだろう？」

ダイアンは目を見はった。「どういう意味？」

マノエルは目を細めた。「かんぐりすぎないでくれよ、ダイアン！　どんな男とも喜んでべたべたしてるみたいだからってなにも……」

「どうしてそんなことが言えるの？」ダイアンは激怒した。「どうしてそんなことをわたしに言えるの！」彼女は恥ずかしさも忘れて大声を上げた。「ああ、あなたなんか嫌いよ、マノエル！」

マノエルはハンドルを握りしめ、急カーブを切ると、車を草むらの中に突っこみ、暗い沼のすぐふちまで走らせた。プラタナスの林が目をさえぎり、車の中に涼しい影を落とした。車が止まるや否やダイアンはドアを押し開け、さっととびおりて車から離れた。

だが、マノエルは身動きひとつしなかったので、ダイアンはあおあおとした水辺に立つ自分が滑稽に思えてきた。それに暑かった。太陽はこの季節にはめずらしい激しさで頭上に照りつけ、しかたなく彼女はプラタナスの木陰に入った。

そのときになってマノエルが車から出てきた。両切葉巻を歯のあいだにはさみ、ざっくりしたタオルを手にしていた。

「さあ！」と彼はタオルを差し出しながら言った。「大して良いもんじゃないが、洗いたてだ。ひどく汗をかく仕事のあとで水につかりたくなったときの用意に車に入れてあるんだ。さあ、とれよ。汚れちゃいないよ！」

ダイアンは口元をひきしめたが、すぐに身を乗り出しおずおずとタオルの端をつかんだ。

「どうしたらいいの？」と彼女は怒ったように言った。「あなたの目の前で脱げとでもいうの？」

マノエルは両切葉巻を口から離した。

「そうした刺激がほしかったら、プロのを見るほうがいいね！」と冷ややかに言うとくるっと後ろを向いてステーションワゴンに戻っていった。

ダイアンは一瞬ためらったが、サンダルを蹴り捨てると、セーターとスラックスを脱ぎ、レモン色のビキニ姿のままどうしようかと考えた。左側を見ると遠くかすかに潟の水面が光っていた。はじかれたように彼女は浅い沼を渡ってその潟へ向かった。火照った肢体を水にひたすと車の中で感じた粘りつくような不快感はあとかたもなく消えてしまった。

何分間かそうやって水とたわむれていた。遠くに止まったステーションワゴンを見たが、マノエルは彼女の行動に関心がないようだった。しばらくして、引き返そうと水の中を潟をふちどっている葦のしげみまで歩いてきたとき、後ろでばしゃばしゃと水のはねる音がしたのでダイアンはびっくりして振り返った。数フィート離れたところで一頭のたくましいカマルグ産の黒い雄牛が、威嚇するように曲がった角を下げ、前足で水底を蹴っていた。ダイアンはどうするか考えることさえできずにしばらく立ちすくんだ。雄牛が一頭だけでいるのは普通ではない。番人の目を盗んで群れを抜け出したのだ。闘牛のためだけに改良された大きくたくましいスペイン牛だった。角で突かれて大けがをし、潟の水面を血で染めて倒れている自分の姿が頭いっぱいに広がり、それを避けることは不可能なのだという思いが襲ってくる。

足を震わせながら、牛を行動に移らせるような急激な動作をしないようにゆっくりと彼女は後ずさりした。牛は鼻を鳴らし虫でも払うように尾を振りながら、ビーズのような目で彼女をにらんでいた。それから頭を左右に振りながら、二、三歩近づいてきたので、ダイアンは冷静さを失った。もう気を静めるどころか身を翻して、水しぶきを上げながらあわてふためいて水際に上がると、全速力で浅い沼を駆け抜けようとした。

その背後に水音が聞こえ、雄牛が潟の浅瀬を渡って追いかけてくるのがわかったが、振り返ってみる勇気はなかった。そのとき、ステーションワゴンからこちらへ向かって走ってくるマノエルの姿が見えた。太い棒を手にスエードのブーツやズボンを気にもとめず、沼の水をけたてて走り寄り、すれ違いざまダイアンに叫んだ。

「ステーションワゴンの後ろに入ってろ！」

ダイアンは言われたとおり、車の後部のドアにたどりつくとロープや道具類が投げこまれ、馬皮のひどい臭いが染みついた床の上に転げこんだ。

雄牛はマノエルに注意をそらされて、ステーションワゴンからかなり離れたところに立ち止まり、鼻を鳴らして、たけり狂って前足で地面を蹴立てた。それを見るとダイアンにも牛が突進の態勢に入ったのがわかった。マノエルは棒切れ一本で身を守るしかない。絶望的な思いで彼女はその光景を見守り、マノエルが身を翻して車に逃げ戻ってくれることを願った。

だが、マノエルはまるで気を許したように、方言を使って牛にやさしく話しかけ、ご機嫌をとっているようだった。相変わらず牛は鼻を鳴らし、尾を振ってはいたが攻撃的ではなくなっていた。ダイアンは全身に冷や汗をかいていた。

やがてマノエルは後ずさりして牛を離れ、車まで戻ってきた。ダイアンはドアを開いてマノエルを中へ入れた。ダイアンはそのときになってもひどく身を震わせていた。マノエルはそのおびえた顔を見ると両肩に手をかけてたくましい身体に引き寄せた。

「ああ、もう決してあんなことをしないでおくれ！」と引きつった声でうめくように言うと、彼女のうなじを覆っている髪に顔を埋めた。マノエルも震えているのが感じられた。ダイアンのむき出しの腰のあたりをはいまわるその両手は硬く、冷たく、たくましかった。

「いったい何を考えていたんだい？」とダイアンの喉に口をあてながらささやいたが、すぐにその口がかぶさってきて、答えようにも答えられなくなった。

ダイアンは逆らわなかった。雄牛と対決するマノエルを見たときの心痛がすべてを忘れさせてしまったのだった。彼女は激しくしがみつき、マノエルのシャツのボタンを外してそのあたたかく男臭い肌に身をすり寄せた。

ざらざらした床に背中を押しつけられても、ほとんど痛さを感じなかった。彼女の足のあいだに片足を入れ、片手で腰のあたりを愛撫しながらマノエルはむさぼるように唇を味わっていた。ダイアンはあらゆる要求に応えるあたたかくしなやかな獣と化していた。これがマノエルなのだ。愛しいひと、ジョナサンの父親なのだ。わたしの分身なのだ。過去に何をされようとも、わたしはまだこのひとを愛しているのだ。

しかしこんどはマノエルが身を引いた。彼女の身体から離れて起き上がり、背をまるめて座り、両膝を立てると膝に肱をついて頭を抱えこんだ。

「ああ！」と彼は苦しげに言った。「ああ、ダイアン、きみがほしい！」

ダイアンは横たわったままでいた。荒々しい接吻に唇は火照り、髪は黒い雲のように顔をとりまいていた。

「マノエル」と彼女は切なげにつぶやいたが、マノエルは激しい呪いの言葉を口にして、車のドアを押し開けて飛び出すと、暖かく甘い空気を深々と吸いこんだ。

それから、沼のほとりに放り出してあるダイアンの衣類とタオルをとってきて、車の後部に投げこんだ。ステーションワゴンからかなり離れたところまで歩いていって樹によりかかってポケットから両切葉巻をとり出した。雄牛はずっと前に姿を消していた。未開の湿地にいるのは彼らふたりだけだった。

ダイアンはかろうじて身を起こし、背中の痛みに気づいた。ロープのたばの上に横たわっていたので、背中に擦り傷ができていたのだ。ビキニを脱いでタオルで身体を拭き、スラックスとセーターを着けた。やっとすっきりして車からおりると、ビキニの水を絞った。ステーションワゴンの後部のドアが閉まる音を聞き、マノエルは葉巻をブーツで踏みにじってから、ゆっくり戻ってきた。ダイアンをじっと見つめてから、大股で車をまわってハンドルの前に乗りこんだ。ダイアンは口元をひきしめると肩をすくめ、けだるそうに助手席に座った。

マノエルはすぐにエンジンをかけなかった。両膝をハンドルのコラムに乗せたまま、うつろな目で遠くを見つめていた。やがて、口を開いた。「きみを殺したかった！」完全に平静な口調だった。

ダイアンは息をのみ、手の甲を口にあてた。マノエルはもの思わしげに目を細め、横目でその姿を見た。

「きみは何を期待してたんだ？」と嘲るように彼はたずねた。「あきらめかけていたときに戻ってくるなんて。せっかくつかみかけていたささやかな心の平和をぶちこわしてしまったんだ！」

ダイアンは首を垂れた。「ごめんなさい。でも、わからなかったの――こんな――こんなふうになるなんて！」

「わからなかったって?」彼は唇を歪めた。「ぼくがどういう反応を示すかほんとうにわからなかったっていうのか?」

ダイアンの頬にかっと血がのぼった。「どうしてわかって?」

「わからないわけがあるか」マノエルは怒ってその顔をにらみつけた。「結局、終わってしまったことなんだ! ぼくたちは愛し合っていた、ダイアン。忘れられると思うか——きみをこの腕に抱きしめたことを——きみと交わりを結んだことを?」彼は疲れきったように腕を曲げて首の後ろに手をあてた。「きみは思いやってもくれないのか、きみの身体のあたたかみを、肌のやわらかさを、きみの匂いを思いながら眠られぬ夜を過ごしたことを?」彼は深いため息をついた。「ほかの男の手に抱かれて、ぼくがしたような愛撫を許しているきみをぼくが想像しなかったとでも思っているのか?」

ダイアンは悲鳴に似た声を上げて、片手を力なく差し出した。

「わたしは男に——ほかの男に愛撫されたことはないわ!」とむせび泣くように彼女は叫んだ。

マノエルは見くびるような目を向けた。「男にいいようにされかかっているきみを二度も見ているのに、どうしてそんなことが信じられる? いままで三年間尼僧院ででも暮らしていたのかい?」

ダイアンは首を垂れた。マノエルへのうずくような愛を感じ、ここへふたたびやってきた真の理由を話してしまいたかった。危険なときだった。身の破滅を招くにちがいないことを打ち明けないようにせねばならないときだった。いかに肉体的に彼を魅了しようと――事実、そうしたのだが――結局は彼はイヴォンヌと結婚するつもりだし、そうなったら、たとえジョナサンを手放すことを認めたとしても、あの家にあの子が入りこめる余地はないのだ。

「おねがい、ホテルへ連れて帰ってちょうだい」と彼女は言った。「荷物をつくらなくちゃならないわ。朝のうちに出発するのよ」

「なんだって！」とその言葉に明らかにびっくりして彼が言ったので、彼女は同じ言葉をくりかえした。「そんなことはできないさ」と厳しい調子で彼は叫んだ。「まだ金を手に入れてないじゃないか――それにジェンマがもう一度会いたがっている」

「そう、ごめんなさい、ジェンマはがっかりするかもしれないわね」とほとんど口を開けずにダイアンは言った。「もう飛行機を予約しちゃったの」

「キャンセルすればいいさ！」このひとのことをよく知らなかったら、あの灰色の目の底にあるものを悲しみだと思ったかもしれないわ、と彼女は思った。

「だめよ！」ダイアンは乾いた唇をしめらして言った。「できないわ」

「ダイアン！」彼は座席の背に手をすべらせてダイアンの髪の下に差し入れると冷ややかにうなじをつかんだ。「ダイアン、ぼくに対してそんなことはできないはずだ！」

「そんなことってなんなの？」ダイアンははっきりと言いにくかった。

「知ってるくせに！」と彼はうめいた。「頼むよ、行かないでくれ――まだ」

ダイアンは明らさまにかたずをのんだ。「帰らなくてはならないわ」

「なぜ？　イギリスでだれがきみを待ってるんだ？」彼の目は曇っていた。「男がいるんだな！　ぼくをだましているんだろう！」

「ちがうわ。誤解よ。男なんかいないわ」ダイアンの目は信じてほしいと哀願しているようだった。

マノエルはまだうなじをつかんだ手を放さず、じっと顔を見つめた。「じゃ、どこに住んでるんだ？　きみの叔父さんの話だときみは伯母さんの家に住んでるそうだが。いまでもそうなのか？」

「ええ、そうよ！」ダイアンは息をはずませた。マノエルは黙って、ほんとうのことを言っているのかどうか確かめようとするようにその顔を見守った。

「それで、あの二百ポンドは」とかすれた声で言った。「伯母さんのためなのかい？」

ダイアンは身をひねって彼の手を逃れた。「そうだとわたしが言えば気が晴れるのなら、そうよ、伯母さんのためにほしいのよ！」

マノエルが髪をわしづかみにすると、指にまきつけたので、ダイアンは縮み上がった。

「ああ、ダイアン」とこもった声でつぶやいた。「きみを帰らせられやしない」

ダイアンは目の色を読みとられまいと目をつぶった。こんなふうに語りかけられると愛されているんだと信じてしまう。あの夜の出来事は悲劇的なあやまちだったと思えてくる。でもジョナサンは現実に生きているのだ。一時の気の迷いであの子の未来を危険にさらしてはならないのだ。

「言ってちょうだい」と口早に彼女が言うと、彼は眉根をよせた。「なぜ、あなたとイヴォンヌはこんなに長いあいだ結婚しないでいるの?」

マノエルの表情が曇り、許婚のことを思い出して我に返ったようにいきなり手を放した。しばらくのあいだ、答えるつもりすらないのかと思っていたが、やがてマノエルは口を開いた。「イヴォンヌは半身不随なんだ。きみが帰った三カ月後からずっと麻痺したままなんだ。いろいろな手術を受けた。どれも長い手術だった。二、三週間後にまた手術を受けることになっている。すでに回復の徴候はあって、担当の外科医はその最後の手術で歩けるようになると信じている。もちろん走ったり、踊ったり、スポーツをするまでにはならないかもしれないが、完全な——適度に活動的な生活はできるようになる可能性があるんだ」

「そうなの」ダイアンはその言葉の意味が理解できた。イヴォンヌは正常な女性に戻れるのだろう。正常な結婚生活が営めるようになるのだろう。そして、サン=サルヴァドールの血統を絶やさぬために必要な息子を彼のために生むこともできるだろう。

「きみは」とマノエルはまた思い悩んだような声で言った。「ほんとうは、自分のためにこんなことをしてるんではないね？」

ダイアンははっとした。「こんなこと話してもなんにもならないわ、マノエル。ホテルに連れてってちょうだい」

マノエルはしばらくこぶしを握りしめていたが、何も言わずにエンジンをかけ、アルルへ車を走らせた。そのあいだ、ふたりは口をきかなかった。それぞれの思いにふけっていたのだ。ホテルの外に車が止まったとき、最後の力をふるいおこしてダイアンはマノエルに向かって言った。「ありがとう、それに、さよなら」

マノエルは何か言いかけたようだったが、気をかえ、何も言わなかった。ただドアを押し開け、ダイアンがおりると乱暴な運転で走り去った。

その日の夕方、ダイアンはアンリから電話を受けた。きょうの行動をわびたいと彼は言った。ダイアンはアンリが本気で謝罪したいのか、それともマノエル・サン＝サルヴァドールが関係しているからなのかはっきりとはわからなかった。それでも彼女はあっさり許してやって、部屋に戻って荷造りにかかった。

九時半ごろ、ドアをノックする音がした。ダイアンはびっくりして、少し心配になった。だれだか想像もつかなかったし、マノエルでなければだれとも口をききたくなかったのだ。

マノエルではなかった。女の声がした。「ダイアン、ダイアン、お邪魔してもいいかしら？」

ダイアンは戸口へ行き、ドアを大きく開いた。「ルイーズ！」と彼女はびっくりして叫んだ。「こんな時間にどうしたの？」

ルイーズはにっこりして、封筒を差し出した。「配達にきたのよ」と陽気に言った。「マノエルがこれをあなたにわたしてくれって」彼女はだれもいないベッドルームを見まわした。「入ってもいい？」

ダイアンは震えがちな手で封筒を受けとり、あわてて気を取りなおした。「ええ、もちろんですとも。お入りなさい。でも、なにもお構いできないわよ」

ルイーズはほほえんだ。「ご心配なく。ちょっとお話したいだけよ。荷物をつくってるのね？」彼女は眉をひそめた。「マノエルは知ってるの？」

「どちらの質問も、イエスよ」と、スラックスのポケットに封筒を突っこみながら、わざと明るくダイアンは答えた。「お座りなさいな。ひとりで町を通ってきたの？」

ルイーズはうなずいた。「そうよ、運転できるもの。それにうちの車はみんな絶好調で、えんこしたりする危険はないって、マノエルが保証してくれたもの」彼女はため息をついた。「ねえ、なぜこんなにすぐ行ってしまうの？　もう二、三日いられないの？　お祖母ちゃん、あなたにもう一度会えると思ってるのよ」

「ええ、知ってるわ、わたしも。ごめんなさいね。でも大事な用なの。帰らなくちゃならないのよ」ダイアンはまだ何か言うべきだと思い、唇を噛んだ。「ずいぶん大きくなったわね。前はあんなに子供みたいだったのに」

ルイーズは笑った。「ありがとう。でも、まじめな話、ダイアン、わたしのことを話しにきたわけじゃないの。マノエルのことを話したいのよ」

「やめましょう」とみじめな気持で彼女は言った。

「なぜ？　関心がないの？」ルイーズはまばたきもせずに見つめた。

ダイアンの頬に血がのぼった。「そうかも知れないわ」とぎこちなくつぶやいた。

「兄はなぜまだイヴォンヌと結婚していないか話した？」

ダイアンは肩をすくめた。「少しね」

「きょう、兄があなたをさがしにきたでしょう？」

「わたしをさがしに？」ダイアンは眉をひそめた。「どういうこと、それ？」

「きょうの午後のことよ。わたしあなたに会いにきたのよ。あなたが若い男の人と出かけたことを支配人から聞いたわ。たぶんレ・サント・マリに行くと言ってた、と支配人は教えてくれた。帰ってマノエルにそのことを話したら、ものすごい勢いで出ていったわ」

「そう」ダイアンの唇はわずかにわなないていた。「不思議に思ってたのよ――あんなに……そうよ、マノエルに会ったわ」

「マノエルはすごく嫉妬してたわ――」とルイーズは言いはじめたが、ダイアンはスーツケースにセーター類を詰めているふりをして、後ろを向いた。

「とても暖かかったわねえ」ときまずい沈黙を破るようにダイアンが言った。

「そうね」ルイーズはベッドのところまで行くとその端に腰かけて、しゃがみこんだダイアンを見おろした。「ねえ、イヴォンヌがどうして事故に遭ったかマノエルは話した？」

ダイアンはしゃがみなおした。「ああ、ルイーズ、おねがいよ！　わたしに関係ないことだわ」

「嘘よ」ルイーズは黒い瞳を曇らせた。「とにかく話すから聞いてちょうだい。マノエルが治ってぶらぶらしているときだったわ――」

「治ってぶらぶらしているですって？」とダイアンはさえぎるように言った。「何が治ったの？」

ルイーズは眉をひそめた。「もちろん、あのけがよ。ああそうか、わたし気がつくべきだったわね。あなたが知ってるはずはないわねえ――時が時だったから」彼女はもの思わしげにため息をついた。「マノエルは落馬したのよ。足を折ったわ。しばらくうんうんいって寝てたけど、あとは農園に閉じこもってた、まるで見られたもんじゃなかったわ」

ダイアンは吸い寄せられるように娘の顔を見守っていた。「つづけて、それからどうしたの？」

「あら、気になるの？」とルイーズはからかった。だが、ダイアンの心から気がかりそうな様子を見ると、真顔になった。「ごめんなさい。つづけるわね。マノエルが治ってぶらぶらしているってとこまでだったわね。イヴォンヌとマノエルが何かでものすごい口げんかをしたの、何が原因かわからなかったわ。でも怒ったイヴォンヌが鞭をもって牧場へ出ていったのよ」

「ほんとなの！」ダイアンはびっくりしてルイーズの顔を見た。

「ええ、イヴォンヌはひどく残酷になれるたちなのよ。あいにく、その日の午後買い手が来ることになってたもんだから、庭の柵囲いの中に入れられた雄牛はいら立ってたの。二頭が逃げ出したのよ」ルイーズは唇を噛みしめた。「どんなだったか想像もできないわ、あなたには。叫び声がしたの！　それから雄牛のほえ声が！」彼女は首を振った。「マノエルがいなかったら死んでいたわ。でも、生きるに価しなくなってしまった！」

「ルイーズ！」

「ほんとうよ。かわいそうに雄牛の背中には鞭のあとがついてたわ――」その声は興奮でかすれていた。

ダイアンは気分が悪くなった。想像していたより恐ろしいことだ。彼女は震えている娘の身体を抱えて言った。「もう、すぎたことだわ、ルイーズ。イヴォンヌは償いをしたわ」

「そう思う？」とルイーズはさっと顔を上げた。「ほんとうにあの女《ひと》が償いをしたと思う？」

「あなたは思わないの？」

「ええ」ルイーズは逆らうように顔をつき出した。「思わないわ。あの女はほしいものを手に入れたわ。農園にいるじゃないの。いろんなことがみんなあの女におあつらえむきだったのよ」

「どういう意味？」

「うちのパパが亡くなった直後に、あの女の母親も亡くなったの。父親はあの女の世話を焼けないし手伝いも頼めない。で、ママが喜んで引きとって、慰めてやってるってわけよ。でもね、マノエルがどうしたいかだれも聞きはしなかったのよ！　イヴォンヌが半身不随になったのだから婚約は解消すべきだっていうひともいないのよ！」

ダイアンは首をかしげた。「マノエルがそのためにイヴォンヌを見捨てることはないと思うわ」

「わたしもそう思うわ。でも、すべきでないとはいえないわ！」ルイーズの若々しい声は感動したように高くなった。「ダイアン！　わからないの？　マノエルはイヴォンヌと結婚してはいけないのよ。あの女は悪魔よ。あの牛たちにしたようなことをマノエルにもするようになるわ！　鞭を使ったりはもちろんしないわ。あの女は鞭なんか問題にならないくらい悪どいことができるんだ。でも、どうせ同じことになるわ。あの事故を兄のせいにしてるのよ。けんかをしなかったらあんなことにならなかったって……ダイアン！」彼女はダイアンの手をとった。「ダイアン、行かないで。ここにいてマノエルのために闘って！　過去のことは忘れて、これからのことを考えて！」

ダイアンは手をひっこめた。「ルイーズ、大げさに考えすぎてるわ！」と彼女は言いはじめた。

「わたしが？　そんなことないわよ」ルイーズは子供みたいに鼻をならした。

ダイアンは首を振った。「話してくれてありがとう、ルイーズ。感謝してるのよ、わたし」

ルイーズは深いため息をついた。それからふと思いついたように言った。「ねえ、ダイアン、お話したでしょう、マノエルはわたしを一年間スイスに行かせたがってることを。代わりにイギリスに行かしてくれないか頼んでみるわ。あなたのところにご厄介になろうなんて考えてないわ――そんなにあつかましい女じゃないもの。でも、近くに住んで、ときどきお会いしたいわ――」

ダイアンはどきっとした。「それは――いい考えじゃないわ、ルイーズ。ともかく、いまはよくないわ」

ルイーズはがっかりしたようだった。「なぜなの？」

ダイアンは両手をひろげてみせた。「わたし――わたし働きに出るもの――」とまるで説得力のない答え方をした。

「でも、ずっとじゃないでしょ？　つまり、夜は会えるでしょう。ときどきはウィークエンドだって。あなたにもお友だちはいるでしょうけど、ときどきはお会いしたいのよ……」

「ああ、ルイーズ！」とダイアンは首を振った。「できないと思うわ、わたし……」

ルイーズはしょんぼりと肩を落とした。「あなたに好かれてると思ってたわ」

「好きよ、好きだわ」とダイアンはあわてて言った。「ルイーズ、正直にいって、そんなこととはちがうのよ。ただね——ここから離れたのに、あなたの家族と未練ありげにつきあうのがいやなの……」

「つまり、マノエルとっていう意味ね」

「そうよ、マノエルとよ」とダイアンはうなずいた。

ルイーズは立ち上がった。「どうしてかわからないわ。とにかくマノエルには話さないでおくわ。そのほうがいいでしょう？」

ダイアンはふたたびうなずくと、ルイーズはうなだれた。ダイアンはすまない気持でいっぱいだった。ルイーズが進んで友情を示してくれるのに、それを拒むのはあまりにもひどすぎると思った。でも、どうしてイギリスでルイーズに会ったりできよう。そうなったら遅かれ早かれ、子供がいるのがわかってしまう。

ルイーズは戸口に歩んだ。「もう行かなくっちゃ遅いもの」

「そうね」とダイアンはうなずいたが心は暗かった。

ルイーズはドアを開けた。「お邪魔しちゃって、ごめんなさいね」

「とんでもないわ」ダイアンは発作的にルイーズの手をとった。「あやまるのはわたしのほうよ」

ルイーズは肩をすくめた。「とんでもない《パ・ド・トワ》。オ・ルヴォワール、ダイアン」

「オ・ルヴォワール」ダイアンは微笑を浮かべた。だが、ルイーズが去り、ドアが閉まると、涙が頬を伝って流れた。

ふたたび荷物のほうへ戻りかけるとポケットの中でかさかさと紙の擦れる音がしたので、彼女は封筒のことを思い出した。震える手で封筒を開けると一枚の紙片が床にすべり落ちた。身をかがめ、おずおずと拾い上げると、英国の銀行が受取先に指定された二百ポンドの小切手だった。

ダイアンはマリニャーヌ空港でシトロエンを係員に引き渡す契約をレンタカー会社とのあいだで取決めてあった。それはあらゆる点で申し分ない取決めであり、不愉快な思いをして空港まで荷物を抱えていかなくともすんだ。

あくる朝、スーツケースを車まで運びおろしているとき、ボックスの電話がけたたましくホールに鳴り響いた。リヨン氏が出てきて電話を受けたが、すぐにダイアンを呼んだ。

「あなたですよ、マドモワゼル。イギリスからです」

「イギリスからですって?」ちらっと不吉な予感が頭をかすめ、リヨン氏の手からもぎとるように受話器をとった。耳にあてると、息を切らして言った。「はい、ダイアンです!どなたですか?」

「ダイアン、あなたなの? わたし、レイノルズです」

レイノルズ夫人はクレリー伯母の隣人で、ダイアンは予感が現実になる不安でいっぱいになった。「もしもし、レイノルズさん、何かあったんですか? 何が起こったんですか?」

レイノルズ夫人の声は平静だった。「そんなにあわてないでよ、ダイアン」と彼女は言った。「大したことじゃないのよ。ただ、あなたの伯母さまが庭で転んで足をくじいたの。入院するとかなんとか、そんなひどくはないんだけど、赤ちゃんの世話はできないでしょう……」

クレリー伯母さんが足をくじいたのはかわいそうだったが、ダイアンはほっとした。「そうね」と答えた声にも安堵があらわれていた。「わかりましたわ、レイノルズさん、きょうの午後には帰ると伝えてください。いま発つところですのよ。ジョナサンの世話はわたしができますわ」

レイノルズ夫人は笑いながら言った。「そう、きっと伯母さま安心なさるわ、ダイアン。じゃ、あとで会いましょう」

「はい、はい、お電話くださってありがとうございます」

「どういたしまして、さよなら、ダイアン」

「さよなら」

ダイアンは受話器を置いた。その瞬間に、ボックスに覆いかぶさるような人影に気づいた。そして、あっと思う間もなくたくましい手に腕をつかまれ、乱暴にボックスから引きずり出され、その男と顔を合わせた。日焼けしたハンサムな顔を突き出しているのがマノエルだとわかって彼女は息をのんだ。マノエルは荒々しく言った。

「ジョナサンてだれなんだ、嘘つきめ！」

8

ダイアンが後ずさりしたので、マノエルは手を放さざるをえなかった。ホールにはひとがいて、すでにこちらを好奇の目で見ていた。マノエルは舌打ちして言った。

「きみに話したいことがある。だが、ここではだめだ。きみの部屋へ行こう！」

ダイアンはおののいてあたりを見まわした。「わたし――時間がないのよ、マノエル。空港に行かなくちゃならないわ」

「空港へは送っていく」

「いいえ。だめよ、空港で車を返すことになってるのよ」

「車なんかどうだっていい！　ダイアン、言っとくがな……」

ダイアンは震えながら顔をそむけた。「何しにきたの？　小切手を届けてくれたから――わたし――」

「追い返そうとしたってそうはいかないぞ！」人目のあるのも構わずにマノエルは手を伸ばし、ダイアンの首をまさぐった。「ダイアン、ぼくに対してそんなことはさせないぞ！」

ダイアンは乾いた唇をしめらせた。「もう行かなくちゃ、マノエル！」

「ああ、わかってるとも。帰るんだろう、イギリスへ——ジョナサンのところへな！」

首にかけた手にマノエルは力を入れた。「行かせやしないぞ！」

ダイアンはあえいだ。「どうしようというの？」と彼女は荒々しくささやいた。「ここはアルルだから、フランスの男が情婦を扱う伝統的なやり方をわたしにもしようってわけね？」

一瞬、首の皮膚にマノエルの指先がくいこんだが、悲鳴を上げないうちに、その手は離れた。「ぼくにはその資格もない」と彼は吐きすてるようにつぶやいた。

「そうなの？」ダイアンは顔を見られなかった。見たらおしまいだ。あの苦悩を見たら耐えられなくなってしまう。

「なあ、ダイアン、これが最後の質問だ。あのジョナサンのためにきみは金が要るのか？」

ダイアンは口ごもり、それからうなずいた。「そうよ、ジョナサンのためなのよ」

「ああ神さま《モン・ディユウ》！」マノエルは髪をかきむしった。

ダイアンは肩をこわばらせた。「もう行っていいでしょう？」

マノエルは罵りの言葉を噛み殺した。「ああ、行け！　行け、ちきしょう！」と彼は乱暴につぶやいた。それから、一言も言わずに大股で彼女のわきを通ってホテルから出ていった。

ロンドンは雨だった。ダイアンは身震いしながら滑走路を横切って空港ビルへ走った。ターミナルまでバスで行き、そこで他のバスをつかまえてブレンドフォードへ向かった。クレリー伯母の家はひと続きのテラスハウスの一軒で、正面は大してきれいではなかったが、その代わり裏側は学校の校庭に面していたから、見晴らしがよかった。

ダイアンは通りの外れでバスを降り、五十三番地まで歩いてきた。通りを歩いていると、あちこちの窓のレースのカーテンがかすかに動くのが見えた。わたしが帰ってきたことはすぐに知れ渡ってしまうわ、と彼女は思った。みんな、わたしがどこへなぜ行ってたのか詮索してるんだわ。

鍵をとり出して、伯母の家のドアを開けると、すぐにちょこちょこ走る足音がして廊下の奥のドアが開いた。うすいブルーのパンツに白と青のジャンパーを着たみるからに可愛らしい男の子が出てきた。マノエルそっくりだわと思うと胸がしめつけられた。同じ灰色の目、鼻の形も口の格好も同じだし、マノエルの黒い髪を受け継いでいる、ただジョナサンのはカールしているけれど。

「ママ!」とジョナサンは喜びの声を上げ、よろけんばかりに玄関のホールに立っているダイアンのところへ走り寄った。

ダイアンは美しい口元をゆるめてほほえむと、しゃがんで男の子を腕に抱き上げた。「まあ、ぼうや」かすれた声で言いながらひしと抱きしめた。もみじのような手が髪にさわり、あたたかく甘えきって首のまわりにまつわりつくのがうれしかった。「クレリー伯母ちゃまにいい子にしてた？」

ジョナサンはさも重大そうに目を見ひらいた。「クレリーおばちゃん、あしをおっちゃったの」とたどたどしく言った。「みにいきまちょ！」

男の子はダイアンの手をつかみ、居間に引っぱっていった。クレリー・ミードースは石膏にかためられた片足をスツールに乗せ、長椅子に座っていた。ダイアンはいたずらっ子を見るような目つきで伯母を見た。

「いったいどうしちゃったのよ？」歩み寄って伯母の頬にやさしくキスをしながら言った。「ほんとに五分もひとりにしておけないんだから！」

クレリーは恥ずかしそうに笑った。「ああそうさ。どうせあたしはもうろくした婆さんだからね、そうじゃないかい、ジョナサン？」

ジョナサンは長椅子によじのぼって伯母ちゃまのそばに座りこんだ。クレリーはつづけた。「どうだい、うまくいったかい。わたしのせいで予定より早く帰ってきたんじゃなかろうね」

「いいえ、そんなことないわ。発とうとしてたところだったのよ」と家に帰った安堵感もうすれて、心の中に湧き上がってくる絶望を抑えようとしながらダイアンは言った。

クレリーの顔が曇った。「いま気がついたんだけど、浮かぬ顔してるじゃないか。マノエルに逢ったのかい？　お金は手に入れたのかい？」

ダイアンは深いため息をつくと、コートを脱いで乱暴に椅子に投げかけると、べつの椅子にどしんと腰を下ろした。ジョナサンは長椅子をはいおりて、彼女の膝に座りにきた。ダイアンはまつわりつく子供のなすがままになっていた。

「ええ」としばらくしてから彼女は答えた。「マノエルに逢ったし、お金も手にいれたわ」

クレリーは口元をひきしめた。「でも、おもしろくないことがあったんだね？」

「そう、いやなことがあったの」とダイアンは奥歯を噛みしめたまま言った。

クレリーはため息をついた。「もう気にしなさんな。家へ帰ってきたんだもの。時がたって苦痛でなくなったら、わたしに話せばいいさ。さあ、やかんをかけてきておくれ。レイノルズさんがちょっと前までここにいてくれたんだけど、あんたが通りを歩いてくるのを見て裏口から出ていったんだ。しばらくわたしたちだけでいたいだろうと思ったんだよ。お茶の支度だけはしてくれてあるらしいよ」

ダイアンはうなずいて、気を取りなおして椅子から立ち上がった。クレリーの言うとおりだ。家に帰ってきたんだから、悲しみにふけっていてもしかたがない。どうしたってしなければならない毎日の仕事を片付けているうちに気もまぎれるし、時間がたてば、いまは耐えられぬほどひどい心の傷口もふさがっていくだろう。そうしたほうがはるかにいい。

次の何日かのあいだ、ダイアンは努めていつものとおりに振る舞おうとした。クレリー伯母さんが身体を動かせないおかげで、することが山ほどあってめそめそしている暇はなかったし、夜になれば疲れきってベッドに入るとすぐ眠ってしまうのだった。

学校には連絡して校長に、伯母が病気なので、自分でジョナサンの世話をしなくてはならないと説明してあった。校長はものわかりがよく、仕事に戻れるようになったらもとの位置に復職できる一時的な交替要員にしてくれた。当然収入が減って苦しかったが、ダイアンはマノエルにもらった金は真の目的以外には使うまいと決めていた。クレリーがよくなったら、みんなそろってしばらくはよそで暮らせるにちがいない。二百ポンドは大金だし、それに貯えを足せば……。

だが当分は、プロヴァンスの辛い日々の思い出を心の底にしまいこめるように祈りながら、その日その日を暮らすだけで充分だった。

ジョナサンも少しよくなってきているようだった。まだひどくせきこむことはあったが、暖かい日が続くようになるとそれも軽くなってきた。目を見はるような成長ぶりで、ダイアンは間もなく赤ちゃんといえなくなると思うとなにか惜しいような気がした。すぐに乳母車に乗せなくとも歩いてどこへでも連れていけるようになるだろう。そして、どうして他の子のようにパパがいないのかたずねはじめるだろう。

クレリーの足は少しずつよくなっていた。間もなく松葉杖を突いて歩きまわれるようになり、ジョナサンの世話は無理だったが、台所で椅子に座って野菜の皮をむいたり、皿を拭いたりすると言い張った。

ダイアンには、一日中家にいて、食事の支度や家事をしたり、ジョナサンの世話をするのはまったく新鮮な体験だった。学校の休みのときをのぞいて——もっともそのときだっていつも伯母が自分の役割を果たしてくれていたのだが——自分だけで子供の面倒を見てやったことは一度もなかったのだ。子供を連れて買物や公園に行くのはすばらしいことだった。ジョナサンが母親たちに称賛の目で見られていることに気がつくと心の底から喜びが湧き上がり、この喜びがあればほかに何もいらないと思った。

ある日の昼下がり、ふたりはいつもより遠くまで足をのばし、かなり離れたところにある公園に出かけた。家に帰る途中、ジョナサンは乳母車の中でうとうとしはじめた。そのとき、横に並ぶようにゆっくりと走る車に気づき、ダイアンははっとした。かなり大きな車だった。美しいメルセデスのリムジンでぴかぴかに磨き上げられたボディやフェンダーが高級車ぶりを誇っているようだった。

ダイアンはその車を無視しようと足を早めた。だが車も少し速力を上げ、ぴったりと並んで走りつづける。彼女はすばやくあたりを見まわして人通りの多いのを知るとほっとした。おそらくわたしをつけてるんだわ。好奇心にかられて車の中をうかがったが、運転手しか乗っていないようだった。そこで彼女はその男をにらみつけてから、家並みのあいだの路地へ曲がった。歩行者専用の道路だったから車は追ってこられなかった。それでも、そのことがあってから彼女は少し神経質になって、何日かは付近の店までしか行かなかった。ときどき、マノエルがジョナサンのことに気づいて誘拐しようとしているのではないかと想像することがあったが、空想的すぎるので、テレビの見すぎのせいにしてそんな考えははっきりと払いのけた。

日々の暮らしにとりまぎれて、その出来事を思い出さなくなっていった。マノエルのことを考えて心がうずくだけだった。

気候は次第に暖かさを増してきていて、ある午後ダイアンはジョナサンを動物園に連れていった。ジョナサンは動物を見るのが好きで、そうしたことがわかる年になっていた。ジョナサンは興奮して走りまわり、いろいろ動物を見、アイスクリームを食べ、外へ出かけたよちよち歩きの子供たちがだれでもするようにはしゃぎまわった。だが、帰り道のバスの中でせきが出はじめ、ぜいぜいと息を切らし可愛らしい顔を苦しげに歪めた。ダイアンはできるものなら身代わりになって発作を引き受けてやりたいと思った。ジョナサンがどこか弱々しく力がないのはこうした発作のせいだった。

ベルドラム・テラスに乳母車を押していくあいだもジョナサンのことばかり考えていたので、五十三番地の前にグレーのリムジンが駐車しているのにすぐそばへ来るまで気がつかなかった。車が目に入るとびくっとして、全身の力が抜けていった。マノエルにちがいない。どうしてここがわかったのか？　なぜここに来たのだろう？

彼女はうとうとしている子供を見おろした。マノエルはこの子が目的で来たのだろうか？　身を翻して逃げ出したい衝動にかられた。二度と帰ってこなければいいのだ。だが、ジョナサンはせきがおさまってまどろんでいるし、いまなによりも必要なのは、夕食を食べさせて寝かせることだ。自分がどんなにいやな思いをするとしても、きょうはこれ以上ジョナサンを疲れさせるわけにはいかない。

彼女はおずおずと家に入った。居間で人声がしていた。ジョナサンの上着を脱がせているとクレリーが居間から出てきて、後ろ手にドアを閉めた。ダイアンは心配しきった目で伯母を見上げた。クレリーは松葉杖に体重をかけながら、首を横に振った。

「マノエルじゃないわよ。そうだと思ってたんでしょう」と伯母は言った。「でもマノエルはロンドンに来ているのよ。あなたに会いたいんですって」

ダイアンはジョナサンの世話をやめて、守るように抱きかかえた。「じゃ、だれが来てるの？」

「男のひとよ。サン＝サルヴァドールさんの運転手だと思うわ」

「運転手ですって！」すぐにダイアンは本通りでのリムジンの一件を思い出し、慄然とした。ジョナサンと一緒のところを見たとしたら、どうマノエルに話しただろう？　それにしても、マノエルはなぜロンドンに来たんだろう？

　乾いた唇をしめらせながら、腕の中で眠りかけている子供を見おろした。「クレリー、この子疲れてるの。寝かせなくっちゃ。二階に連れてくから、今夜見てくださる？」

「いいわよ」とクレリーはうなずいた。「わかったわ。さあ、連れていきなさい。あとで飲み物を持っていけばいいわ。見たところ、何もいらないみたいだけど。せきが出たのね？」

「ええ、でも、そんなにひどくはなかったわ。疲れただけよ。とっても喜んでたわ、わたしもよ！」その声はわずかにわかるくらい震えていた。クレリーは手を伸ばしてダイアンの腕をつかんだ。

「そんなに心配しないで！」と優しくさとすような調子で言った。

「でも、マノエルがジョナサンのことを知ったんだとしたら！」とダイアンは言いかけ、クレリーの目を見てはっとして口をつぐんだ。

「じゃあ、あの人は知らないのかい？」クレリーは唖然としていた。

　ダイアンの頰に血がのぼった。「ええ」

「ダイアン！　でも――でも、帰ってきてから何週間もたってるのに、そんなこと一度も言わなかったじゃないか。辛くて言えないのかと思ってたんだよ」

「それもあるわ――クレリー、わかってちょうだい！　ジョナサンのことをマノエルに話したら、子供をほしがったかもしれないのよ？　そう考えたことなかった？」

クレリーは口ごもった。明らかにいま耳にしたことに気を奪われていた。「でも、なんで子供をほしがるのさ？　あの人の奥さんは他の女が生んだ子をほしがるかい？」

「あのひと、結婚してないのよ！」

ダイアンは力ないため息を洩らした。「クレリー、このことを話さなかったのは――それは――話せなかったからよ！　いまとなってはもう遅すぎるわ」

クレリーは首を振った。「なんて言っていいかわからないよ、ダイアン。わたしは――子供のことをあの人に話すつもりだと思ってた」彼女は眉をひそめた。「待って――それじゃ――それじゃ――それなのにどうやってあのお金を手に入れたの……」

ダイアンはもうほとんど寝入っているジョナサンを抱えて階段を昇りはじめた。「あとで話すわ」と彼女はきっぱりと言った。クレリーはしばらく階段の下に立ったままその姿を見送っていたが、苦労して階段を昇りはじめた。

寝室に入ると、ダイアンは子供を自分のベッドに寝かせてから、クレリーのわずかに非難の色を浮かべた目を見た。

「いまは話せないわ。わかるでしょう」と哀願するようにダイアンは言った。

クレリーは意味ありげな身振りをした。「ダイアン、わたしには関係のないことだと言ってしまえばそうだけど、わたしに説明すべきことがたくさんあるようだね。子供のことは話さずに、マノエルにお金を頼んだとしたら、いったいあのひとはおまえが何のためにお金を欲しかったと思ってるんだい？」

「ああ、クレリー！　いまは話したくないわ！」ダイアンは震える手で髪をかき上げた。

クレリーは眠っている子供を見おろした。「とにかくあのひとに話さないのはあんまり納得できないね」と伯母は言った。

「なんで？　あんなことがあったあとなのに？」ダイアンは身震いした。「どんなやり方であのひとがわたしを追い返したか忘れたの？　その後どうなのか聞いてもこなかったじゃないの？　わたしにはジョナサンのことを知らせない権利があるのよ！」

「じゃあ、ジョナサンはどうなるんだい。どんな権利を持ってるんだい、あの子は？」

「何が言いたいの？」ダイアンはわずかに震えていた。

クレリーはため息をついた。「わからないよ、ダイアン。わからないのよ。わたしは年よりで、おまえとはものの見方が違うんだと思うよ。でもね、ときどき考えるんだが、子供がいるのを知ってさえいないのに、子供をはらませたことで責められるのは男にとってむごいんじゃないかってね」

ダイアンは顔をそむけた。「じゃ、あのひとに教えるつもりなのね？」

クレリーはうめき声を上げた。「ああ、ダイアン！　おまえ、わたしをそんなに信用していないのかい？　おまえの許しもえないでそんなことをするとでも思っているのかい？」伯母のしわの寄った顔は心配そうに歪められていた。振り向いてその顔を見るとダイアンは悪いことを言ったとすまなく思った。

「そんな！　そんなふうに思わないで！」と声を上げた。「ごめんなさい。疲れて気が転倒してたのよ、きっと。あんなひどいこと言うつもりはなかったのよ」

クレリーはかすかにほほえんだ。「ふたりとも疲れてるようだね。それにもうここでわたしと話してちゃだめだよ。あとで話せるんだからね。下へいってあの運転手に会いなさい。きっといらいらしてるよ」

「どうしたらいいかしら？」

「なにが？　マノエルに会いにいくことかい？」

「ええ」

「ここに来てもらいたいのかい？」

「とんでもない！」

「いや、答えはひとつさね」クレリーは眉をつり上げた。「この子はこのまま寝ちまうよ。行けばいいよ――あの人がそれを望んでるのなら」

「でも、こんな格好じゃ行けないわ。着替えしなくちゃ――」

「まず運転手に会って、待ってもらえばいいじゃないか」

「わかったわ」ダイアンはゆっくりと階下へおり、居間へ行った。ダイアンが入ってくるのを見て立ち上がった男は想像していたより年よりだったが、いつぞやリムジンにいるのを見かけた男だった。

「今晩は、マドモワゼル」とていねいに言った。「キングさんでございますね?」

「そうです」ダイアンはかたずをのんだ。「ムッシュー・サン＝サルヴァドールが――わたしにお逢いになりたいそうですね」

「そのとおりで、マドモワゼル。旦那さまはサヴォイ・ホテルにご滞在で、そこへあなたをお連れするようにとのことでございます」

「わかりました」ダイアンはちょっと口ごもったが、すぐにつづけた。「なぜムッシュー・サン＝サルヴァドールがロンドンにいらっしゃったかご存じですかしら?」

「もちろんでございますよ、マドモワゼル。旦那さまはマドモワゼル・ドマリとご一緒にいらっしゃいました」

イヴォンヌと一緒ですって!

ダイアンは信じられない事実にショックを受けてほとんどこの言葉を叫びそうになった。だが、やっと自分を抑え、考えをまとめようとして顔をそむけた。イヴォンヌとともにロンドンにやってきているのにそれでも自分に会いたがっているという事実は屈辱的であり、認めがたいことだ。わたしを何だと思っているのだろう? あんなことがあったあとで、考えられぬことだと知っているはずではないか。

運転手のほうに向きなおると彼女は静かに言った。「ご主人にわたしからの伝言を伝えていただけますね」

男は眉をしかめた。「旦那さまにお会いにならないおつもりですか、マドモワゼル」と信じられないといった様子で男はたずねた。

ダイアンはうなずいた。「ええ」

「ですが、ムッシュー・サン＝サルヴァドールはぜひともとおっしゃっておいでです、マドモワゼル」

ダイアンは深く息を吸いこんだ。わずかのあいだ前に言ったことを忘れていた。「ではなぜここへいらっしゃらなかったんです？」と彼女はたずねた。

運転手は帽子を手の中で揉みながら、もじもじしていた。「旦那さまは病院にいらっしゃるのですよ、マドモワゼル。マドモワゼル・ドマリにお付添いになっておられるのです」

「病院ですって？　そうだったの！」ダイアンは息をついた。なんで考えつかなかったのかしら？　イヴォンヌは治療を受けにきたのだ。でも、だからといって何も変わるわけじゃないわ、と彼女は考えた。

「ごめんなさいね」と彼女は運転手が叱られてはかわいそうだと思って言った。「行けませんの」

運転手は戸口に向かった。「そうおっしゃるのでしたら、マドモワゼル、わたくしは失礼いたします。オ・ルヴォワール、マドモワゼル」

「さよなら」ダイアンは運転手を玄関まで送ってゆき、狭い通りで大きな車をターンさせ、走り去るまで見守っていた。それから家の中に戻ってドアを閉めると、ぐったりしてドアにもたれた。

クレリーがゆっくり階段をおりてくるのが目に入ると、ダイアンは身を起こして、手を貸しにいった。クレリーはいぶかしそうな目をしていた。ダイアンはため息をついた。

「マノエルには会わないわ」とクレリーが声を出してたずねる前にダイアンは言った。「イヴォンヌと一緒にいるのよ、結婚するつもりだった女とね。そのひと――二年前に事故に遭って背骨に大けがをしたの。でも、幸いなことに間もなく歩けるようになるらしいわ」

玄関のホールを歩くあいだ、クレリーはすっかりダイアンにもたれかかっていた。「それで結婚していないんだね？」

「そうよ」居間に入るとダイアンは抱えるようにして伯母を椅子に座らせた。「お茶でも飲みましょうか？　喉がかわいたわ」

クレリーは疑わしげにダイアンを見上げた。「マノエルがここへ来ることはないかい？」

「大丈夫、来ないわよ。イヴォンヌと一緒だって言ったでしょう。退屈だったんでわたしに会おうと思っただけよ、たぶん」

クレリーは頭を振った。「あんたの言ってることをうのみにはできないね、ダイアン。あの人とフランスで逢ったとき何があったんだい？　あんたに逢って喜んだかい？　いろいろたずねたかい？」

「いろいろたずねられたわ、でも逢って喜んだわけじゃないわ」

「ダイアン！」クレリーはすがりつくようにその顔を見た。「自分が何をしてるかほんとうにわかってるんだろうね？」

「もちろんよ。どうして？」

クレリーはまた頭を振った。「まだ裏に何かあるみたいだねえ。あんたに逢って喜ばなかったのに、なぜお金をくれたりしたんだい？　手切金のつもりかい？」

ダイアンは顔を赤らめた。「ええ、そうだと思うわ」

「じゃなぜいまさらここへ来たんだい？　なぜおまえに逢いたがるんだい？　まるでつじつまがあわないじゃないか」

「話せば長くなるわ。もうすこしたったら話すことにしない？　きょうはもういいでしょう？」

「もうすこし、もうすこしって五週間にもなるんだよ。話す潮どきはきてるんじゃないかい？」

ダイアンはため息をついた。「そうね、そうかもしれないわね」

「じゃあ、座って何があったかありのままに話してごらん」

ダイアンはためらっていたが、重々しく首を振ると、向かい合った椅子にぐったりと腰を下ろした。「わかったわ、ありのままをお話するわ。わたし、マノエルに会ったわ。そして、二百ポンド必要だと話したの。そうしたらあのひと、わたしが妊娠しているため男のためかどちらかの理由でお金が要るんだっていきなり思いこんじゃったのよ！」

「必ずしも飛躍した想像だとは言えないんじゃないかね」とクレリーは指摘した。

「そうかもしれないわ。ともかく、それからもなぜお金が要るのか話さなかったの。しまいに、あのひと、もし農園に行ってジェンマに会ったらお金をやるって言ってくれたの」

「あのひとのお祖母さんだね？」

「そうよ」

「箱馬車で暮らしてるんだろう」

「前はね。でも、なにか発作に襲われたらしいのよ。それでお医者さまやマノエルが農園で暮らすようにって強くすすめたのね。とにかく、そのひとに会いにいって、マノエルのお母さまやイヴォンヌに会ったわ」

「イヴォンヌが事故に遭ったって言ってたね。どんな事故だったんだい？」

「雄牛に突き倒されたのよ」ダイアンの声は、はじめてそのことを話したときのルイーズの声のようにほとんど無表情だった。

「まあ、恐ろしいこと!」クレリーは息をのんだ。

「そうでしょう?」ダイアンは蒼白い爪を見つめていた。「とにかくそういうことなのよ。で、お金を手に入れて、帰ってきたわけよ」

クレリーは唇を噛んだ。「それで、マノエルに言わなかったのかい――前のことについて?」

ダイアンはいきなり立ち上がった。その表情は張りつめていた。「どう言ったらいいの?」とむせぶようにたずねた。「ええ当然、前のことを言ったわよ。でもすべては過去のことなのよ、いまさらほじくり返して何になるっていうの?」

クレリーはためらいがちにダイアンの腕に手を触れた。「お茶を入れてちょうだい」とやさしく言った。「わたしも詮索ずきな婆さんになっちまったようだわ!」

ダイアンはしばらくためらっていたが、やがて部屋から出ていった。いいことではないと彼女は思った。マノエルに対する気持をクレリー伯母さんにさえ話せないなんて。彼のことを考えるとき、つねに感ずる精神的でもあり肉体的でもある苦痛を、たんたんと話すことなどできなかった。

その夜の十二時ごろ、玄関のドアを執拗にノックする音に、ダイアンは不快な眠りから目覚めた。目をしょぼつかせながら身を起こし、夜光塗料でかすかに光る目覚まし時計の文字盤を見ようとしたが、相変わらずノックの音がやまない。急いでベッドをすべりおり、紺のキルティングガウンを羽織った。激しくドアをたたいているのがだれにせよ、こんな時間にジョナサンの目を覚ましてほしくなかった。

クレリー伯母は気づいていなかった。伯母の寝室の前を通ると深い寝息が聞こえてきた。ダイアンは冷々とした夜更けの空気に身震いしながら階段をおりた。

玄関まで来ると、掛金を外してチェーンは掛けたままドアを引いた。安全のためにチェーンを取り付けたのはクレリー伯母であった。

黒い男の影を見るとダイアンは一瞬ドアを閉めようと思ったが、ドアから洩れる光のなかに足を踏み入れたのはマノエルだったので、あっと驚きの声を上げた。マノエルの顔は暗く曇り、いら立たしそうにチェーンを見つめた。

「入ってもいいかい？」と彼はぶっきらぼうにたずねたが、ダイアンにはそれが形式的な問いにすぎないのがわかった。もし、否定したら、すぐにチェーンを引きちぎるか、ドアを壊すか、それとも両方いっぺんにするにちがいないと確信できた。

これ以上怒らせまいと心に決めて、彼女はかすかにうなずくと、ドアをいったん閉めかけてチェーンを外し、大きく引き開けた。マノエルはいきなり入ってくると、ダイアンの手から把手を奪いとり、後ろ手にしっかりとドアを閉めた。

「さて」と腹立たしげに口をきったが、ダイアンは首を横に振りながら唇に人差指をあてた。

「居間に行きましょう」と彼女はささやいた。じれったそうなつぶやきをもらしてマノエルは廊下を通って奥の部屋まで歩いていくダイアンのあとにつづいた。

居心地のよさそうな居間に入るとダイアンはジョナサンの存在を示すものがないだろうかと必死で見まわした。しかし、そのときマノエルは彼女の両肩に手をかけて、荒々しく振り向かした。

「言ってくれ」と彼は荒々しくたずねた。「なぜ来なかったんだ?」

ダイアンは後ずさりした。「きょうの午後のことを言っているのなら、当然だと思うわ」と彼女は耳ざわりな調子で答えた。

「なぜだ、なぜ当然なんだ?」

ダイアンはうめくように言った。「イヴォンヌと一緒にロンドンに来たんでしょう。運転手に聞いたわよ。いったいわたしを何だと思っているの? 補欠のようなものだと思ってるの?」

「なぜ、きみは——」彼は罵りを噛み殺し、濃い髪をかきむしった。ダークスーツにブルーのワイシャツを着て、よくマッチしたネクタイを締めたマノエルは魅力にあふれていた。間もなくイヴォンヌがこのひとの妻になり、一日中でも見ていることができ、夜にはベッドをともにすることができるのだと思うと胸が張り裂けそうになった。「ここに来るまで四時間も接待の晩餐の席にいて、抜け出してきみに逢いにいきたいのにいらいらしてたんだぞ。それもみんなきみが来るのを拒んだからだ、あの一時間だけしか自由にならなかったのに——」彼は口をつぐむと、上着のボタンを外し、首の後ろに手をまわした。シルクのシャツが分厚い胸の筋肉にぴったりとはりついた。

ダイアンは力なく肩をすくめた。「そんなことわからないわよ。あなたが何をしようとわたしには関係ないじゃない」

「ぼくもそう思いはじめてる」と彼はかすれた声でつぶやいた。「ああ、ダイアン、きみが行ってしまってからいままで何週間ものあいだ、ぼくがどれほど苦しんできたか、きみにはわからないんだ——」

ダイアンは激しく身を震わせ、低い椅子に弱々しく身を沈めた。紺のガウンの前が割れて、すらりとした脚が見えた。彼女はさぐるような男の目に気づいて、あわててガウンをかき合わせ、口早に言った。「そ、そんなことを言われるとは思わなかったわ」

「なぜだ。嘘じゃないぞ」マノエルは目の前にきて、わずかに足を開いて立ちはだかった。その身体の動きのひとつひとつが目をそむけたくなるほど肉感的だった。

「マノエル、おねがいよ！」ダイアンは首を垂れた。「なぜ——なぜこんなに遅くにここへ来たの？　どうかしてるわ！」

マノエルは身をかがめて、ダイアンの椅子の両側の肱掛けに手をついたので、ダイアンは逃げるように椅子の背にもたれかかった。「そうさ、どうかしてるさ」そう認めながら、彼の目は無遠慮にダイアンの身体をはいまわった。「でも、いつもそうだったろう――ぼくたちふたりのあいだは、ちがうかい?」

ダイアンは息苦しくなりかけていた。「わたしにどうしてもらいたいの?」

突然、ふたりともはっとして凍りついたようになった。ジョナサンが泣きはじめたのだ。その声は哀れっぽく、耳をつんざくように聞こえた。おびえたときの泣き方だった。抑えて話してはいたのだが、ふたりの話し声で目を覚ましてしまったのだ。

マノエルはさっと身を起こした。その日焼けした細長い顔には信じられないといった表情が浮かんでいた。ダイアンは立ち上がって子供のところへ行こうとした。その姿を振り向いたマノエルの目は怒りに燃えていた。

「だれなんだ?」と鋭くたずねた。「だれが泣いてるんだ?」

ダイアンは一瞬口ごもってから静かに言った。「ジョナサンよ」

「ジョナサンだって!」マノエルはめちゃくちゃに髪をかきむしった。「ああ、あの泣き声――あの赤ん坊――あれはきみの子か?」

ダイアンはゆっくりうなずくと、マノエルはみにくく唇を歪めた。「それはきみに子供がいるってことか――赤ん坊がいるんだな?」

ダイアンは震えながら息をのみ、ふたたびうなずいた。マノエルは呪いの言葉を押し殺してうめいた。「この——この娼婦め！」彼はむせぶようにつぶやくと、一言も口にせず、よろめくように部屋を出ていった。玄関のドアを激しい勢いで閉める音が家中に響きわたった。

9

それから何日かのあいだ、ダイアンは悪夢のなかをさまよっているような気がしていた。自分が何をしているかほとんど意識できないようなありさまであった。将来に対する希望がことごとく消え去ったごとく、クレリーに言葉をつくして慰められても、絶望から抜け出られなかった。マノエルは行ってしまった。そしてこんどはもう決して戻ってはこないだろう。

しかし日がたつにつれ、徐々にではあるが、ダイアンは元気をとり戻していった。まだジョナサンがいるのだ。両親がその人生をめちゃめちゃにしてしまっても、それは子供の罪ではないのだ。

マノエルがやってきたあの不幸な夜から三週間ぐらい経過したある日、予期せぬ客がダイアンを訪れた。クレリーは二日前にギプスがとれて、よく晴れたその午後、ジョナサンを連れてバスで少し行ったところに住む友人を訪れていた。ダイアンは二階の戸棚を掃除していたので、玄関をノックする音が聞こえたときいら立ってため息をついた。なにげなくドアを開けたダイアンは、目の前にイヴォンヌ・ドマリの姿を見て、びっくりして後ずさった。

しかも、それはプロヴァンスで会ったあの車椅子の娘ではなかった。ふたたび歩けるようになったイヴォンヌであった。オートクチュリエのショーウインドーから抜け出してきたような装いの、すらりとエレガントなイヴォンヌであった。

ダイアンの汚れたスラックスと着古したスモックを見て、イヴォンヌは小ばかにしたように唇を歪め、それから口を開いた。「あなたにお話があるのよ、ダイアン、入ってもよろしいかしら？」

ダイアンは一歩も動かなかった。「お互いに話すことはないと思うけど、イヴォンヌ」と彼女は思ったより冷静に答えた。

イヴォンヌは目を細めた。「あら、あるわよ。これからわたしが話すことにきっと興味をもつわよ」

ダイアンは首を左右に振った。「用事があるのよ――」

「あとにしたら」イヴォンヌはしゃれた飾りのついた靴を戸口に運んだ。「マノエルがひどく悪くて――死ぬかもしれないって言っても興味はわかない？」

ダイアンの顔はまるでイヴォンヌに殴られでもしたように蒼白になった。「嘘よ！」と彼女はうめくように言った。

「そう思う？」イヴォンヌはからかうように眉をつり上げた。

ダイアンはかたずをのんだ。「もし、マノエルが——死にかけてるなら——なんでここへ来たの？　なぜ一緒にいてあげないのよ？」

イヴォンヌはかすかに鼻を鳴らした。「戸口に立ってるつもりはないわ、ダイアン。入ってもらいたいの、それとも出てってほしいの？」

ダイアンはためらったが、さっと脇へ寄った。イヴォンヌはうっすらと勝ち誇ったような微笑を浮かべると、ホールに入ってきた。ダイアンはゆっくりした歩き方に注意を向けたが、足を引きずる様子はなかった。手術は成功したのだ。

居間に入ると、イヴォンヌは不快げに中を見まわした。「ここで暮らしてるのね？」と無遠慮にたずねた。

ダイアンの若々しい顔は不安でひきつれていた。

「さあ言ってちょうだい！　何のためにここに来たの？　マノエルに何があったの？」

イヴォンヌはわざとじらしているようだった。軽蔑のこもった目で部屋を値踏みするように見まわしていたが、その目が部屋のすみに山積みにされたジョナサンの玩具にとまった。しばらく信じられないといった様子でながめていたが、驚きの目をダイアンに向けた。

「あの玩具は？　この家には子供がいるの？」

ダイアンは答えようかどうしようか迷ったが、イヴォンヌの性格をよく知っていたから、答えなかったら話をつづけないだろうと思って、「ええ」とわずかにひきつった声で言った。

イヴォンヌはさぐるような目つきをした。「ひとりで――伯母さんとふたりで暮らしてるって聞いてたけど」

「そうだった――そうよ――これは――」

イヴォンヌは舌なめずりをしたが、ふと口のはしにほほえみを浮かべた。いやな笑い方だった。「そうなの！　あなた、子供がいるの！」と彼女は叫んだ。

ダイアンは頬を染めた。「ええ、そうよ」

イヴォンヌは満足げに首を振り、それから嘲りにみちた笑い声を上げた。「そうなの！」と勝ち誇ったような口のきき方をした。「あの夜、マノエルが見たものはこれだったのか！　それで逃げるようにフランスに帰って、闘牛場で自殺同然のことをしたんだわ！　これが真相ってわけね――あなたに子供がいるってことが！　ほんとに、皮肉なことね、ダイアン、そう思わない？」

ダイアンは、イヴォンヌのエレガントに装った髪の毛をつかみ露わにあざけりを浮かべているその目をえぐり出してやりたいという激情にとらえられぶるぶる震えていた。自分がこんな気持になれるとは知らなかったほどすさまじい感情だった。

「何のこと言ってるのかわからないわ――」とダイアンはかすれた声で言いはじめたが、

イヴォンヌは首を横に振った。

「ごまかさないでよ、ダイアン！　わたしはマノエルを知りすぎるほどよく知ってるのよ。あの人は理想主義者なのよ、完璧な女しか受け入れることができない心の狭い男の仲間なのよ！　その女のためには何でもしようと思ってた女が自堕落なところを見せたんだから、あのひとにはものすごいショックだったのよ！」

ダイアンはあっけにとられていた。「どういう意味なの？　マノエルはどこにいるの？自分を傷つけるようなことをしたっていうの——闘牛場で？」

イヴォンヌは眉を下げた。「そうよ。そう言ったのよ」

「でもどうして——つまり——マノエルは雄牛のことはよく知ってたわ——どうしてそんな危険を冒したの？」

イヴォンヌは冷たく肩をすくめた。「あのひとのお守りをしてたわけじゃないからね」

「でも、わたしだったらそうする！」ダイアンは心配で気が狂わんばかりになっていた。

「どうしてあなたはそんなに冷たくできるの？　あなた、マノエルを愛してたんじゃなくって——」

イヴォンヌは唇を歪めた。「愛してたわ、昔はね。いまはよくわかってきたのよ。それに、一生廃人になるかもしれない男とだれが結婚したいと思う？」

ダイアンは悲痛な目をしていた。「ああ！」彼女はかすかに息をついた。

イヴォンヌの目が急に細められた。「そんなにとり乱した様子をしないでよ、ダイアン。マノエルはわたしたちのどちらもいらないのよ。あの人はわたしたちのどちらにもできないことを求めてるようだわ」

ダイアンはわななく手を顔にあてた。「なぜここへ来たの、イヴォンヌ？　なぜ、マノエルがけがをしたことをわたしに話したかったの？　こんなことになっていったい何がうれしいの？」

イヴォンヌは意味ありげな身振りをした。「ああダイアン、マノエルのことを話すためだけに来たんじゃないのよ、あなたの心配顔をみてるのはおもしろいけどね。そうなの――わたしは何があったのか知ろうと思ってきたのよ――三年前にはじまるロマンチックな恋物語をぶちこわしたのは何だろうかと思ったわけよ。いまは――わかったわ」

「あなたには何もわかっちゃいないわ！」ダイアンはいまは感情をむき出しにした言葉を口にすることができた。「あなたは――あなたは悪魔よ！　自分のことだけしか考えていないのよ。車椅子に乗せられているあなたを、マノエルは見捨てなかったじゃないの！」

「見捨てなかったって？」イヴォンヌの全身から悪意が立ち昇っていた。「ねえ、マノエルはね、あの事故があった日、はっきりとわたしを捨てたのよ。でも、あなたは知らないわよね？　ルイーズの話――マノエルとわたしがけんかして、わたしが彼の気をひこうとして大切にしてる雄牛を鞭でたたいたって話しか知らないわよね！」

「あなたは――あなたは、マノエルが別れるって脅したからだって言いたいの?」ダイアンは好奇心を抑えきれなくなった。しかしイヴォンヌは気づかぬようだった。

「そうよ」いまイヴォンヌは暖炉の横の鏡に映る自分の姿を誇らしげにながめながら言った。「マノエルは結局ジプシーの仲間よ。あのひとのお祖母さん、あの老いぼれの魔女はいつもそれをうまく利用してるのよ。あのひとに、すでにあなたと結婚してるのだから、自分がのぞもうともうだれとも結婚できないって信じこませたのはあいつなんだ!あのひとは母親があの小切手を手に入れてあなたの始末をつけたのも知らなかったのよ。あのときもまだイギリスへ行ってあなたを見つけて連れ戻そうと計画してたわ。あなたが姿を消したとき、あのひと嫉妬でおかしくなったのよ!」

「なんですって?」ダイアンはその言葉がのみこめなかった。「でも――あの儀式の次の日――あのひと――あのひとは戻ってこなかったのよ。あのひとのお母さまだけよ、来たのは。そんなふうに思ってたんだったら、なぜ引きとめなかったの?」

「引きとめられるわけがないじゃない。あのひとは足を折って入院してたのよ。ルイーズにその話は聞いたんじゃないの」

「あの事故のこと?」ダイアンは生つばをのみこんだ。「じゃ、あの事故が起こったのはあの日だったって言うの?」

イヴォンヌはうんざりした様子だった。「もちろんよ。マノエルは帰ってきて両親にあったことを話したわ。わたしもその場に居合わせた。両親は怒ったわ、むろん。そのあとで、あの人は家から二、三百ヤードしか行かないうちに落馬したのよ。番人のひとりの言うことには鞍の締め具がゆるんでたそうよ」イヴォンヌはひそかにほほえむように唇を歪めた。ダイアンはイヴォンヌがなにか細工をしたのだという明らかな印象を抱いた。

しかし、それはもう過去のことだ。現在のことを考えるべきなのだ。ダイアンは、イヴォンヌが知らずに自分の運命の流れを変えてしまったのだということに気づいた。

ドアのほうに足を運びながら、イヴォンヌは振り返って言った。「これでおしまいってわけね、ダイアン。このつまらないメロドラマは。ハッピーエンドじゃなくってかわいそう。でも、子供がいたんじゃどうしようもないわねえ?」

ダイアンは手を握りしめた。「それがだれの子供かによるわよね、そう思わない、イヴォンヌ?」と彼女は慎重に言った。

イヴォンヌの足が止まった。「何が言いたいの?」

ダイアンは首を左右に振った。「べつに、何にも」と言った。「お帰りにならないの?」

イヴォンヌはダイアンの目の底に予期せぬ光が宿っているのに明らかに驚いてぐずぐずしていたが、とうとう玄関へ歩き出した。ダイアンは玄関のドアをうやうやしく開けてイヴォンヌを通した。イヴォンヌの車は門のところに止めてあったが、ダイアンは乗りこむまで待たずにドアを閉め、よろよろと後ろ手にもたれかかった。イヴォンヌの言葉がほんとうなら、いろいろな可能性が目の前にひらけてきたことになると、夢見るように目を輝かせながらダイアンは思った。

しかし、イヴォンヌはマノエルがけがをしたと言っていた。それを思い出すとダイアンの興奮もすぐに心配に追いのけられてしまった。イヴォンヌの言葉が誇張ではなかったら？　マノエルがほんとうに死に瀕しているのだとしたら？　ダイアンに子供がいるのを発見し、それがほかの男の子供だと思いこんで、闘牛場で無謀な行動をしたのだとしたら？　もしそうだとしたら、彼は信じられぬほど彼女を愛してくれているのだ。だが、まず、どんな具合なのか知らねばならない。

居間へ向かって歩きながらも、無意識に先へ先へと考えが進んでいくのであった。プロヴァンスへ行こう。イヴォンヌの言ったことが間違いであっても、マノエルがもう関心を示してくれないとしても、自分の息子の存在を知ることに意味を認めないとしても、わたしは行かなければならない。真実を話さねばならないのだ。さもなければ、これから一生確信をもてずに生きることになってしまう、そう彼女は思った。クレリーがジョナサンと帰ってきたとき、彼女はすでに空港へ電話をかけ、翌日のマルセイユ行きの便の座席の予約をすませていて、あわただしく自分とジョナサンの衣類をスーツケースに詰めている最中だった。こんどはジョナサンを連れていくつもりだった。こんどは間違いをおかしてはならないのだ。

ダイアンはアルルの同じホテルに部屋をとった。ジョナサンを見るとリヨン氏は目を見はった。しかしすぐに好奇心を抑え、何も言わずに歓迎してくれて、夜分外出なさるときは自分も妻も喜んでお子さまの世話をしますと言ってくれた。

ダイアンは礼を言った。そうしてもらわなくてはならないようになるかもしれなかったからだ。ところで、ダイアンはまずマノエルの居場所や見舞客を迎えられる状態かどうか知らねばならなかった。アルルにいるのを知られたくなかったので、農園に電話するのは躊躇して、かたっぱしから病院に電話をかけることにした。

なかなか見つからなかったが、最後にかけた病院で、サン＝サルヴァドール氏は一時入院していたが、いまは家に帰っているという答えをもらえた。家というのはサン＝サルヴァドール農園のことだから、ダイアンは前途に待ちうけるものに不安を感じた。マノエルに会わねばならないだけではなく、まず彼の母親に会わねばならないのである。

マノエルのけがの具合をたずねたけれど、病院では答えてもらえなかった。記事をあさる新聞記者と思われたらしいが、理由の如何を問わず、患者について話すわけにはいかないと断られた。マノエルはいまは重体ではないということだけわかった。

結局、車を借りて次の日の午後農園に行こうと決心した。ジョナサンも連れていこう。彼女はもうこれ以上悲しみに突きおとされることがないように祈った。

悪路を走るのも気にならなかった。後ろの座席でうとうとしかけていたジョナサンも、到着するはるか前に寝入ってしまっていた。いつもの昼寝の時間だったし、前日の慣れない旅行で疲れていたのだ。ジョナサンの頭がこっくりしているのをダイアンはちらっと振り向いて見た。いまはもう座席に寝そべってしまっていた。

ついに農園に着いたが、だれもいないようだった。人が来たのを知らせるように犬がやかましく吠え立てたが、人影はまるでない。あのいや味なイヴォンヌがもうここにいないことに感謝すべきだわ、と彼女は思った。だが、心臓の高鳴りはおさまらず、車をおりるとき膝頭が震えた。

眠りこんでいるジョナサンは車に残しておくことにした。前庭においても心配はないだろうし、子供を連れていないほうがマダム・サン＝サルヴァドールに会いやすい。

長いあいだ激しく玄関のドアをノックしたが応えがないので、とうとうノブをまわしてみた。鍵はかかっていなかった。そっと押し開き、少しびくびくしながら入っていった。かつてマノエルとともに通った廊下に立った。左手にキッチンがあったはずだ。

衝動的にキッチンのドアを開けてみたが、中にはだれもいなかった。ただ暖炉には火が赤々と燃えていて、少し前までだれかがそこにいたことを示していた。キッチンから出ようとしているときに男の怒鳴る声がした。

「だれだ？《キ・エ・ス》　どこにいるんだ？《ウ・エ・ト・ヴ》　おい《ディユウ》、答えろ！《レポンデ・モア》」

マノエルの声だった。廊下の奥の部屋から聞こえてくる。ダイアンははっと身をかたくした。足を震わせながら、彼女は廊下を通って、その部屋の戸口に行き、軽くノックをしてドアを開け、おずおずと入っていった。

マノエルはベッドをおりようとしている最中で、彼女が入ってくるのを見ると、あわてて裸の身体に毛布を引き上げ、自分の目が信じられぬといった面もちでダイアンを見つめた。

「こんにちは、マノエル」と彼女はひるみがちに言った。「具合はどうなの？」

マノエルはけが以来伸ばしっぱなしにしているのでふさふさと首のあたりまで垂れている乱れた髪をかき上げた。「ああ、いったいどうして！」と信じられないようにつぶやいた。「何をしに来たんだ？」

ダイアンは後ろ手にドアを閉め、そのまま寄りかかった。「それが挨拶のつもりなの？」と彼女は喉にひっかかるような声で言った。

マノエルは腹立たしげにうめいた。「なあ、ダイアン。ぼくはここへ来てくれとは頼まなかった。どうして来る気になったんだ。頼むから出ていって、ぼくをひとりにしてくれ！」

ダイアンは息をはずませた。「そんな言い方をしないで、マノエル。あんなにあなたのこと心配してたのに――」

「あわれんでくれるわけか！」とマノエルは枕に頭を落とした。

「そうよ」ダイアンは、なんて侘しい部屋なんだろうと思いながら、ベッドのほうへわずかに歩み寄った。「具合はどうなの？　あなた——あなたが事故に遭ったってことはよく知ってるのよ。具合を知りたいのよ」

「具合を知りたいって、きみが？」その灰色の目は冷たく怒りをふくんでいた。「上々だよ。あのばか医者どもに薬漬けにされなかったら、もう立って歩きまわってるよ」

ダイアンは首を振った。「でも何があったの？　どうしてそんなことになったの？」

マノエルの口元がひきしまった。「牛に突き倒されたのさ、それだけのことさ」

「ああ、マノエル！」彼女は気分が悪くなった。「なぜ、そんなことしたのよ？」

「何をしたって？　突きさされたことか？　やり損なったんだよ」

「やり損なったですって、あなたが？」ダイアンはうなだれたが、やがて顔を上げ、さぐるような目をして言った。「傷はどこなの？」

「ここさ！」

わざと乱暴にマノエルが毛布を腰まで押し下げたので、ダイアンの目に、褐色の腹部に白く浮き出たみにくいあとが映った。

「ああ、マノエル！」彼女は突きさされた直後の血の吹き出す傷口が見えるような気がして、身震いしながらそれをながめた。

マノエルはうすいブルーのコットンのスラックスとうね織りのローネックの長袖セーターで装ったダイアンを、まるで美しい絵でも見るように無表情に見つめていた。

ダイアンはその視線に耐えられなくなり、力なく肩をすくめるとベッドに近づき、ひざまずいてマノエルの褐色の肩に顔を埋めた。マノエルは身をこわばらせたが、手を上げてダイアンを押しのけた。その手がローネックのセーターからはみ出したダイアンの肌に触れた。一瞬ためらうように手をとめたが、すぐに押し殺した声を洩らすとダイアンを身体の上に引っぱり上げ、白い喉に唇を押しあてた。

「なぜやって来たんだ?」震えるようにうめくと、彼は寝返って、ダイアンを毛布に押しつけて、激しく唇を奪った。

何分間か彼女はそれに答えることもできず、もう決して放すまいとしているかのようにただしっかりしがみつくばかりだった。マノエルはもう自分を抑えられなくなっていた。日の翳った部屋はいまふたりだけの世界となった。あまりにも長いあいだ彼女を求めつづけてきたので、はっきりと欲望を意識できた。燃えるような口づけをくりかえし、柔肌をまさぐるうちに情欲は危険なほどにたかまっていった。

マノエルは必死の努力で身を起こし、横たわったまま動こうともしないダイアンを見おろし、こもった声でいった。「話をしようじゃないか」

「ううん」ダイアンはマノエルの傷口を指でなぞっていた。マノエルはその手をつかんで引き離した。

「ダイアン、ちゃんと聞いてくれ。ぼくはこのまま続けてもいい。だけど、きみは自分が何をしているかわかってるのか?」彼の目は曇った。「なぜここへ来たのか話してくれたほうがいいんじゃないか?」

ダイアンが深いため息をつき、やっとベッドをおりたので、マノエルはどこか未練ありげに枕に頭を落とした。

彼女は髪をなでつけてから、口早に言った。「ひとつだけ答えて、マノエル。なぜあなたロンドンでわたしに逢いにきたの?」

マノエルの表情がこわばった。「理由はわかってるはずだ」

「いいえ、わからないわ。わたしは思ってた——三年間思いこんでたのよ、あなたに捨てられたんだって——」

「ああ、そうだってね。イヴォンヌに聞いたよ」マノエルは起き上がり、背をまるめてベッドに腰かけた。「それであの夜きみに話そうと思ったんだ——ただ、邪魔がはいった」

「そうなの。二日前にイヴォンヌに聞いたわ、あの女《ひと》と手を切ったっていうことを。それでここへ来たのよ」

マノエルは遠くを見るような目つきをした。「なぜだ? もう一度やりなおすためにか? きみは忘れてるんだ——いまはほかに大切なものがあるじゃないか」

「その大切なものがあるわたしは要らないっていうのね？」ダイアンはじっと彼を見つめた。

マノエルは髪をかきむしった。「ああ、ぼくはもうどうしていいかわからない。あの子のことを知ったとき、それには耐えられないと思った、が、いまこうしてきみのそばにいると、きみを失うくらいならそんなことぐらいなんでもないと思いはじめている」彼は自嘲するように唇を歪めた。「まったくなんてざまだ。金が必要になるまでは、きみはぼくに逢おうなんて考えてもいなかったっていうのに」

ダイアンはちょっとためらったが、すぐに言った。「ほんのちょっと待ってくださる？見せたいものがあるの」

マノエルは眉をひそめた。「なんだい？」

「待ってて、すぐにわかるわ」

マノエルはうなずいた。「よし、待つよ」

ダイアンはその顔をちらっと見てから出ていった。廊下には相変わらず人の気配がなかったので、マダム・サン＝サルヴァドールはどこにいるのだろうと思ったが、気持がたかぶっていたのでそんなことに構ってはいられなかった。

ジョナサンは車の後席にいるにはいたが、目を覚ましてすすり泣きを洩らしはじめていた。しかし、ダイアンを見るとぱっと顔を輝かした。彼女はやさしく子供を抱き上げた。

ジョナサンはようやくよちよち歩けるようになったばかりだったから、早く息子の顔をマノエルに見せたいダイアンはそのまま家に入っていった。マノエルの部屋のドアを押し開けたとき、彼はベッドから離れ、すでに紺のスエードのズボンをはき終わり、白いシルクのシャツの胸ひもを締めているところだった。

振り返った彼は、ダイアンの腕にいる子供を見ると、しわがれた声で言った。「ああ、ダイアン、きみはなんでこんなことをするんだ？」

だが、ダイアンはジョナサンを床におろした。子供は可愛らしくあたりを見まわしていた。

「この子を見て、マノエル。おねがい、見てちょうだい。だれかに似ていない？」

マノエルはゆっくり向きなおって、ジョナサンを見おろした。しばらくじっと見つめていてから、ダイアンに目を向けた。その鋭い視線にさらされて、ダイアンは緊張に身をこわばらせた。やがて、マノエルはジョナサンのそばにしゃがみ、ポケットから銀の小箱をとり出すと、きらきら光るめずらしいものを見せびらかして子供の気をひいた。

しばらく、そうしてあやされているうちに、ジョナサンはきれいな白い歯を見せてにっこり笑った。頬のえくぼとくりくり光る目がたまらなく可愛らしかった。

それからマノエルは立ち上がってダイアンのほうを見た。ダイアンの胸は痛いほどしめつけられた。

「なぜ言ってくれなかったんだ？」片手をダイアンの首にまわして引き寄せながら、彼はたずねた。

「言いたかったわ」彼女はすべてがうまくいきかけていることにまだ確信がもてず、かすれた声で言った。「この子がだれだかわかったのね？」

「もちろん、ぼくの息子だ！」とマノエルは熱っぽく、ダイアンの首に口をあてて言った。

「前に言ったっけね、きみを殺してやりたいって、いまもそんな気になってるよ、ダイアン。ダイアン！　なぜ言ってくれなかったんだ？」

「どうして言えて？」ダイアンはやさしく彼の頬をなでていた。ジョナサンは母親がそばにいるので安心しきって、おもしろそうによちよち歩きまわっていた。「あなたはとても遠くにいたのよ、それにあなたとわたしのあいだのことを恥じているのだと思ってたわ、覚えている？」

「うん、覚えているとも、おふくろのせいさ」マノエルがかすかに身震いしたので、彼女はあわてて言った。

「起きてちゃだめよ！」

マノエルはほほえみかけた。それはダイアンが見たもっともすばらしい微笑だった。

「そうだね」とかすれた声でつぶやいた。それを聞くとダイアンの胸に熱いものがこみ上げてきた。

「ところで、ルイーズやお母さまはどこにいるの?」とダイアンはやさしくたずねた。

「ここへ来たとき、だれにも会わなかったけど」

「ルイーズは出かけてるし、おふくろはここにはいないんだ。従兄と一緒にカンヌへ行っちまったよ。退院してから、おふくろにそばでうろちょろされるのが耐えられなくなったんだ!」

「まあ、マノエルったら!」ダイアンは彼にひしと寄り添った。

「おふくろもいまに考えを変えるさ。だけど、伯母さんの家へ行ったとき、あの子のことをなぜ話さなかったんだい?」

ダイアンは唇を噛んだ。「あなたがイヴォンヌと手を切ったのを知らなかったのよ。わたし——わたし、あなたにジョナサンのことを知られたら、とられてしまうんじゃないかと心配だったのよ」

マノエルは重々しく首を振った。「おかげで、ぼくはせがれの人生の最初の二年間が見られなかったってわけか」と静かにつぶやいた。

ダイアンはその喉に唇を押しつけた。「ほかの息子がもてるわよ」と優しく言うと、マノエルは彼女の髪をつかんだ。

「ぜったいそうするぞ。でも、まずこのサン＝サルヴァドール二世のすべてを知りたいね」それからさも可愛くてたまらないというようにジョナサンのほうに身をかがめた。

「でもなぜこの子のために金が必要だったんだい?」とダイアンを見上げて突然たずねた。「丈夫なんだろう、この子?」

ダイアンはその声があまり心配そうなのでほほえんだ。そしてそばにひざまずきながら言った。「数カ月前にジョナサンは気管支炎にかかったの、それは治ったんだけど、どこか充血しているらしいの。でも、そんなにひどくはないのよ!」マノエルの目が曇るのを見て、彼女は声を上げた。「でも、お医者さまはしばらく暖かくて湿気の少ない場所へ転地したほうがいいとおっしゃるの。帰ったらすぐに連れていくつもりだったのよ。でも、伯母が足を折ったんで行けなかったの」

「そうか」マノエルは息子を両手のあいだにはさんだ。ジョナサンはこの知らないひとはだれだろうと、不思議そうに彼をながめた。だが、マノエルの手首の大きな金の腕時計に気をとられて、逃げようとはしなかった。

マノエルはさっと子供を抱き上げて立ち、とうとう手に入れた大切なものを扱うように抱きしめて、ふたたびダイアンの顔を見た。

「散文的なことを話す気にはならないんだけど」とおだやかに言った。「こんどは教会で結婚式をあげなくっちゃね、そうだろう?」

ダイアンは息子を抱いたマノエルを見つめた。涙がこみ上げてきた。「ええ、そうしましょうね」と静かにつぶやくダイアンの髪にマノエルが手をあてた。

「じゃ、間もなく」と少しこもったような声で彼は言った。「ぼくは妻と息子がもてるんだ」

ジョナサンはマノエルの首にかかる白い鎖を引っぱっていた。マノエルはその鎖を慎重にとり上げて、首から外し、大事そうにダイアンの首にかけた。

ダイアンは顔をそむけた。もうこらえ切れなくなって、泣き出しそうだったから。マノエルはそれに気がつくと、さっと息子を床におろした。そしてジョナサンがよちよちと歩いていくのを見送って、ダイアンの後ろから肩に手をかけ、引き寄せた。

「きみを愛している《ジュタドール》」とかすれ声で耳うちした。「きみを愛してるよ。いままでずっと愛してきたし、これからも愛しつづけるよ」

ダイアンはマノエルのたくましい身体に触れている喜びを味わいながら、しばらくそうして背をもたせかけていた。「わたしたちのあいだにまた何か起こったら、もうわたしは耐えられないわ」彼女はむせび泣いていた。

マノエルは首のわきに軽く唇を押しつけた。「もうなにものもぼくたちを引き離すことはできない。約束するよ」彼は心をゆり動かす言葉で答えた。

「でも、イヴォンヌは――」

「イヴォンヌがどうしたんだい?」

「カマルグに戻ってくるのでしょう?」

「おそらくね、でも、どうしてだい？　あいつに嫉妬しているわけじゃないだろうね？」

ダイアンは苦笑して、首を振った。「いいえ、いまはそんなことないわ、あの女《ひと》にお礼を言うべきかも知れないわ。あの女が来なかったら、たぶん、ここへ来なかったでしょうから」

「どういう意味だい？」マノエルはダイアンを向きなおらせた。彼女は口ごもりながら、イヴォンヌが伯母の家を訪ねてきたときのことを話した。「あわれなやつだな、イヴォンヌは！」と彼はしまいに言った。「ぼくにどう思われてたか知ってさえいたらなあ！」

ダイアンがその口を手でふさぐと、彼はその掌に唇を押しつけた。「ジェンマはまだここにいるの？」と彼女は静かにたずねた。

マノエルはやさしい笑みを浮かべてうなずいた。「昼寝してると思うよ。きみを見たら喜ぶだろうな。ぼくたちをもう一度一緒にすると決めてたんだよ。それでこの前、きみをここに引きとめておこうとしたんだよ。わかったかい」

「ずいぶんいろんなことがわかったわ」とダイアンはため息をついて言った。それからスラックスを引っぱっているジョナサンを見おろした。「ルイーズは今夜ジョナサンが寝る場所を用意してくれるかしら、ホテルに戻らないとしたら……」

マノエルはあたりまえだというように唇を歪めた。

「そうしてくれるさ」ダイアンの唇を見つめながら彼は言った。

「だって、きみをもうどこへも行かせないつもりだからね……」

●本書は、1979年9月に小社より刊行された作品を文庫化したものです。

哀愁のプロヴァンス
2024年12月15日発行　第1刷

著　　者／アン・メイザー
訳　　者／相磯佳正（あいそ　よしまさ）
発 行 人／鈴木幸辰
発 行 所／株式会社ハーパーコリンズ・ジャパン
東京都千代田区大手町1-5-1
電話／04-2951-2000（注文）
0570-008091（読者サービス係）
印刷・製本／中央精版印刷株式会社
表紙写真／© Christasvengel | Dreamstime.com

ISBN978-4-596-71917-1

12月11日発売

ハーレクイン・シリーズ 12月20日刊

ハーレクイン・ロマンス

愛の激しさを知る

極上上司と秘密の恋人契約　キャシー・ウィリアムズ／飯塚あい 訳

富豪の無慈悲な結婚条件　マヤ・ブレイク／森　未朝 訳
《純潔のシンデレラ》

雨に濡れた天使　ジュリア・ジェイムズ／茅野久枝 訳
《伝説の名作選》

アラビアンナイトの誘惑　アニー・ウエスト／槙　由子 訳
《伝説の名作選》

ハーレクイン・イマージュ

ピュアな思いに満たされる

クリスマスの最後の願いごと　ティナ・ベケット／神鳥奈穂子 訳

王子と孤独なシンデレラ　クリスティン・リマー／宮崎亜美 訳
《至福の名作選》

ハーレクイン・マスターピース

世界に愛された作家たち
～永久不滅の銘作コレクション～

冬は恋の使者　ベティ・ニールズ／麦田あかり 訳
《ベティ・ニールズ・コレクション》

ハーレクイン・プレゼンツ作家シリーズ別冊

魅惑のテーマが光る極上セレクション

愛に怯えて　ヘレン・ビアンチン／高杉啓子 訳

ハーレクイン・スペシャル・アンソロジー

小さな愛のドラマを花束にして…

雪の花のシンデレラ　ノーラ・ロバーツ他／中川礼子他 訳
《スター作家傑作選》